U0448821

中国
2023年度
诗歌精选

梁平 主编

四川文艺出版社

图书在版编目（CIP）数据

中国 2023 年度诗歌精选 / 梁平主编 . -- 成都：四川文艺出版社 , 2024.7. -- ISBN 978-7-5411-7004-1

Ⅰ . I227

中国国家版本馆 CIP 数据核字第 2024UA7108 号

ZHONGGUO 2023 NIANDU SHIGE JINGXUAN
中国 2023 年度诗歌精选
梁　平　主编

出 品 人	冯　静
责任编辑	葛雨馨　周　轶
封面设计	魏晓舸
内文制作	史小燕
责任校对	蓝　海
责任印制	桑　蓉

出版发行	四川文艺出版社（成都市锦江区三色路 238 号）
网　　址	www.scwys.com
电　　话	028-86361802（发行部）　028-86361781（编辑部）

排　　版	四川胜翔数码印务设计有限公司
印　　刷	四川机投印务有限公司
成品尺寸	168mm×238mm　　　开　本　16 开
印　　张	12.25　　　　　　　字　数　250 千
版　　次	2024 年 7 月第一版　印　次　2024 年 7 月第一次印刷
书　　号	ISBN 978-7-5411-7004-1
定　　价	58.00 元

版权所有 · 侵权必究。如有质量问题，请与出版社联系更换。028-86361795

目录

A

阿 来 | 群 马 001

阿 信 | 在尘世 002

安 然 | 山 骨 002

安 琪 | 暴雨和绵羊 003

阿 毛 | 在槐山石驳岸观长江 004

安 遇 | 野鸭子 005

B

笨 水 | 元旦时间 005

柏 桦 | 重庆素描 006

北 乔 | 祁连山下 007

白鹤林 | 梓潼，别友人 008

包文平 | 暮色里 009

C

程 维 | 赣江记 010

川 美 | 偶然之诗 010

陈先发 | 羸弱之时——给毛子 011

曹 东 | 花 园 012

曹 戊 | 登雅山再续 013

尘 轩 | 动物之境 013

陈波来 | 灵池之水 014

陈小平 | 黄昏带来惊喜 015

曹 僧 | 望 江 016

沉 河 | 我旁观自己，已成常态 017

陈陟云 | 岁 末 018

纯　子 | 大鱼谣 019
程　川 | 冬日即景 020

D

杜　涯 | 新春辞 021
大　解 | 去往何处 022
灯　灯 | 湖　边 022
朵　渔 | 不熄的黎明之火 023
戴长伸 | 在 C6657 次车上 024
东　篱 | 麟州故城怀古 024

E

二月兰 | 蝉鸣如诉 025
二　缘 | 寂　静 026

F

符纯荣 | 汉　阙 026
范剑鸣 | 系马桩 027
方石英 | 惘然录 028
方文竹 | 从隐喻里抽身 029
方志英 | 红薯盲盒 030
飞　廉 | 喀尔坎特大草原遇伊犁天马 031
冯　冯 | 晨　间 031
符　力 | 踢落叶 032
傅元峰 | 你好，繁忙的街头轰鸣 033

G

嘎代才让 | 珊瑚项链 034
耿　翔 | 一份证词 034
干海兵 | 二月的成都 035
孤　城 | 在哀牢山，回想郏县三苏园 036
古　马 | 挖土豆谣 037
谷　禾 | 昔事如隐 038
郭建强 | 山　中 038
郭晓琦 | 落　叶 039

H

霍俊明	日常而又伟大的赐予	040
海饼干	一个月的最后一天	041
韩少君	空物件	042
何 苾	偏爱高原	043
何向阳	歌 者	044
何晓坤	消失的三江口兼致友人	045
黑 陶	所有房子都是活的	046
胡 亮	自 传	046
胡 马	时间的暗门	047
胡 弦	到苏州去	048
胡兴尚	节	049
湖南锈才	在莲花山	050
华 清	故乡的无名河	050
黄 芳	看一部战争电影	051
黄世海	窜出地面的根须	052
黄小培	夜空下	053

J

寂之水	不值一提的人	054
姜念光	不饮酒	055
吉狄马加	诗人之责	056
加主布哈	自己的山脉	058
葭苇	赤脚医生	059
简 敏	栀子令	060
剑 男	那年高考前夕父亲来看我	060
江 非	鹅	061
江 离	山 中	062
江 汀	我想得到你的夏天	063
蒋立波	写在心电图报告单背面的诗	064
姜 巫	用目光击掌	064
姜 明	身体里的江山	065

K

康　雪　|　何为故土...............066

康　伟　|　过雅拉雪山............066

L

蓝　蓝　|　深夜来客......................067
李　皓　|　青　蛙..........................068
雷焕春　|　大米着孝衣..................069
李　瑾　|　热　烈..........................070
李　铣　|　迷路的人......................070
李　壮　|　李壮在2015..................071
刘阳鹤　|　小是逃逸的甜..............072
罗　铖　|　愿　望..........................073
刘棉朵　|　跳　羚..........................073
梁雪波　|　蟋蟀之歌......................074
蓝　野　|　时　光..........................075
老　井　|　地心一日，地上亿年......076
雷平阳　|　金　箔..........................077
李　琦　|　张女士..........................078
李海洲　|　杀　青..........................079
李寂荡　|　昨晚的梦......................080
李龙炳　|　美食家..........................080
李路平　|　隐　藏..........................081
李　南　|　青　春..........................082
李少君　|　自　述..........................083
李文武　|　奶奶的一生..................083
李永才　|　狐狸的围巾..................084
李长瑜　|　容　器..........................085
李志勇　|　从我们的钥匙中............086
梁　平　|　西江河与一只白鹭邂逅...086
林　珊　|　惊　蛰..........................087
刘　川　|　聋　子..........................088

刘洁岷 | 岁暮抒怀或柚子树......088
刘向东 | 手推车......089
柳　苏 | 回想，及其美好......090
柳宗宣 | 野鸽子，野鸽子......091
隆莺舞 | 梦想达成这一天......092
卢　山 | 在博孜墩草原听见马鸣......092
路　也 | 每当看到群山起伏......093
伦　刚 | 偶　遇......094
罗杞而 | 郊外夜晚......095
罗霄山 | 逐渐变小的过程......095

M

毛　子 | 晚　安......097
马　行 | 骆驼刺开花......098
蒙　晦 | 献给女儿......098
孟醒石 | 黄河鲤鱼......099
麦　须 | 刷墙记......100
马　嘶 | 肉身沉重......101
马文秀 | 成为彼此的光源......101
马泽平 | 宽　恕......102
马占祥 | 流水谣......103
麦　豆 | 一生，或瞬间......103
牧　斯 | 丝茅的事......104

N

娜　夜 | 起风了......104
那　勺 | 山中夜坐......105
诺布朗杰 | 给志达的小诗......106
聂　郸 | 爱情宇宙观......106

P

潘洗尘 | 重　叠......107

Q

秦　客　｜　喀什噶尔 108

羌人六　｜　使我苍老的并非时间 108

曲　近　｜　每一天的生命都是动词 109

秦立彦　｜　关于身体的想象 110

邱红根　｜　接　受 111

R

荣　荣　｜　这一天她还在人间走着 111

人　邻　｜　与妻书 112

冉　冉　｜　酒友呐 113

S

邵纯生　｜　薄　霜 114

山　鸿　｜　一　生 115

霜扣儿　｜　桂花辞 116

苏笑嫣　｜　渴望母亲 117

孙晓杰　｜　好了歌 118

三色堇　｜　从长安到长沙 119

桑　眉　｜　癸卯立夏日，寄马立 120

桑　克　｜　坏牙齿 121

沙　马　｜　守　护 122

商　震　｜　不仅是回忆 122

尚仲敏　｜　水仙花 123

沈　苇　｜　逆向，齐奥朗——赠高兴 124

师力斌　｜　忆贡嘎雪山 125

石　莹　｜　插　曲 125

思不群　｜　夜读老子 126

苏　黎　｜　初春，焉支山 127

沈浩波　｜　桂花的香味 128

T

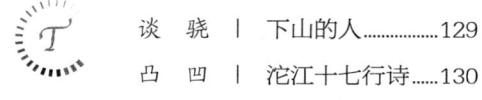

谈　骁　｜　下山的人 129

凸　凹　｜　沱江十七行诗 130

汤养宗 | 海螺颂......131

涂 拥 | 勇 气......132

谈雅丽 | 矿工医院......132

W

吴春山 | 高处的河流......133

温经天 | 光的赋予......134

吴宛真 | 云朵，高槐与你......135

吴乙一 | 写信的人......136

王 妃 | 经 验......136

王单单 | 土 豆......137

王夫刚 | 季子，季子祠......138

王桂林 | 白 鲸......139

王可田 | 陶 工......140

王 琪 | 黄河西岸的暮色......141

王 童 | 不 朽......142

王学芯 | 一首诗意味着什么......143

王志国 | 寒风吹彻......144

吴 沛 | 窗 户......145

吴少东 | 述 怀......145

X

熊 焱 | 诗 艺......146

希 贤 | 山鸟与鱼......147

徐琳婕 | 凝视一条河流......148

徐 源 | 太 行......148

薛颖珊 | 西安错位......149

辛泊平 | 午 夜......150

西 渡 | 夏 雨......151

晓 岸 | 旷 野......151

许天伦 | 随写十四行......152

Y

杨　通	鸟　鸣	153
杨金中	山中鸟	153
杨　然	惊喜的……	154
叶燕兰	苦味入心	155
杨　角	过筠州	155
姚　彬	黑　鸟	156
羽微微	离　歌	157
严　彬	普普通通的梨子没有那么好看	157
杨碧薇	访永和乾坤湾	158
杨　键	一条狗	159
姚　瑶	巡线记	159
叶　舟	我对祁连山并不见外	160
叶延滨	一小块人间	161
伊　甸	星　星	162
衣米一	池　塘	163
于　坚	加油站	163
于贵锋	礼　物	164
余　怒	各具其美	164
余笑忠	孤鸣颂	165
育　邦	中天阁下	167

Z

扎西才让	秘　事	168
臧海英	时间记	168
张伟锋	如　旧	169
紫藤晴儿	白菜简史	170
邹胜念	等一只猫言语	171
宗小白	从野地这头	171
周　簌	邻　人	172
张定浩	如　何	173
张二棍	谢　绝	174

| 张红兵 | 跌跤志——给父亲..........174
| 张新泉 | 自画像..........175
| 张执浩 | 三月的最后一个下午..........176
| 赵晓梦 | 玉　兰..........177
| 郑　伟 | 老　屋..........178
| 钟　硕 | 抹香鲸即将成为骨架..........179
| 庄　凌 | 倾斜的雨..........179
| 卓　兮 | 念念故乡..........180
| 子非花 | 街　景..........181

群 马
阿 来

黎明
一些岩石般的影子来到河边
太阳使这群红鬃马屹立起来
它们昂首于河岸和五月最初的绿色消息
宽广的沙滩向上游缓缓漂移

河给我一双移动的眼睛
屹立不动的故乡河岸与群马
缓缓漂移，向东方雪山的圣洁之光
永恒的河水并不流动
群马漂进年代深处
那些深处的时间一动不动
红鬃马的躯体石化，身侧的肋骨历历可数
尾很刚健，腿上布满筋络与血管
只有鬃毛轻微翻卷

群马在向晚的风中蹶动四蹄
欣喜于夕阳缤纷的艳丽
它们乘夜色飘然逸去
皮毛上漾动水的光芒

（原载诗集《从梭磨河出发》，浙江文艺出版社2023年8月）

在尘世
阿　信

在赶往医院的街口，遇见红灯——
车辆缓缓驶过，两边长到望不见头。
我扯住方寸已乱的妻子，说：
不急。初冬的空气中，
几枚黄金般的银杏叶，从枝头
飘坠地面，落在脚边。我拥着妻子
颤抖的肩，看车流无声、缓缓地经过。
我一遍遍对妻子，也对自己
说：不急。不急。
我们不急。
我们身在尘世，像两粒相互依靠的尘埃，
静静等着和忍着。

（原载《诗潮》2023 年第 1 期）

山　骨
安　然

春云蕴瑞的时候，我是它
壮丽的有序的辞藻，缀于辽阔的春花之上
无休止的修辞，在有限的命运中循环
循环吧——
沉默的春天和亡灵
葬在马里亚纳海沟的波涛
葬在克里特岛上的抗争与冒险

循环吧——
我的同胞，我的祖国
山骨与岚烟蔓延在歌声中
向东方伸展
我是它
晚祷的少女，赤裸于人间的烟波之上

浩浩荡荡的晨昏流泻在苹果园里
溪流淹没最后的想象
是时候了
它可以古老斑驳
但不能放纵夜莺整夜的不归
它不能像我
成为爆竹和火苗的结合点

最后，它必然抖动羽毛
阻拦我身上不合时宜的撞击与损毁

（原载《江南诗》2023年第2期）

暴雨和绵羊

安　琪

暴雨将至时，绵羊像一条河，一条
白色的河，在绿色的草原上流过来

流过去。它们慌乱而惊恐，盲目地
在绿色草原流动。它们最终能否躲过

暴雨，答案是否定的。草原太大
暴雨太快，暴雨砸下来时也就砸

下来。暴雨砸下来时绵羊也就只能
被砸，之于绵羊，被暴雨砸过以后

绵羊还是绵羊，之于暴雨，砸过绵羊
以后，暴雨已经不是暴雨，而是绵羊

（原载诗集《暴雨和绵羊》，内蒙古人民出版社2023年9月）

在槐山石驳岸观长江
阿　毛

靠着退流后的石驳岸行走
有接近悬崖的惊险和神殿的肃穆

面向江流的旅行箱开口
朝向
上溯的货轮
靠岸的漂流木
东流的浮萍

嗡嗡的无人机
航拍人群、货轮与江流

或许它可以替我去江心洲
寻找一群三十多年的青春与雕塑

面向江心洲的思者
与对着江流刷手机的人群
有着不一样的角度、光线与背景人群

而自拍者
在古风和二次元之间
是夹生的当代
和孤独的垂钓者

（原载《广州文艺》2023年第9期）

野鸭子
安　遇

野鸭子在水上收获了爱情，嘎嘎嘎叫，张开翅膀扑扑飞。这里是水上茶园。朋友们一直在高谈阔论，你推开窗子，跟着那些鸭子嘎嘎叫。你自以为是，你以为你比他们更接近那些自由大胆干净的事物。

（原载《收获》2023年第2期）

元旦时间
笨　水

妻子去书房加班
我入厨房，炖骨头汤
妻子加班认错
不是真错了，而是被迫

把别人的错，认作自己的错

我在厨房，给骨头化冻

一刀一刀改成小块

隔着墙壁

我们俩，一个在跟骨头较劲

一个分身出一个自己，在跟自己争辩

我用两个小时将骨头炖成浓汤

她用同样的时间

劝服自己

在陷阱里，接过别人落下的石头

垫在自己脚下

我的汤好了

妻子也将自己变成了错误的人

这是从未经历的一天

我们依然赞美

碗底沉淀的骨头，汤面漂浮的葱花

承认人心仍是问题

也坚信

万物陈旧，时间崭新

（原载《当代·诗歌》2023年第1期）

重庆素描

柏 桦

你的生活在南山

迢迢以亭亭，光景复往来

橘柚青后，橘柚黄……

石梯，一阶一阶……

你的生活在菜园坝
那里火锅毛肚连山拼
那里大酒肥肠乱如麻
狗不理血盆，人不睬中国娃娃

重庆，你的
威严到底从哪里来
——来自沿江壮丽堡坎
——来自棒棒四海为家

(原载《作家》2023年第4期)

祁连山下
北 乔

祁连山就在那儿，不需要坐标
冰雪的高贵，在众生的敬意里
漫长的等待，交给一棵树
流水只负责寻找马蹄声
马鞍，在草丛里无语独坐

从甘州到张掖，棱角分明的
思想从岁月里走来
丹霞地貌一改山的稳重，纵情狂欢
湿地里燃烧七彩火焰
祁连山把时光丢在一旁

从山顶走向旷野
天上的星星在泉眼里找到家

不需要仰望
这里的土地比古籍里的文字松软
根，都聚集在祁连山下

（原载《诗选刊》2023年第2期）

梓潼，别友人
白鹤林

梓潼是一条古道，
也是一条新道。
以包容的篇幅写满
自由的相聚，
和平仄的别离。
皆不失真诚。

君不见瓦口关下：
贩夫、君王与书生，
匪寇、仙侠与诗人。
或踌躇或飘逸的身影，
咏叹着李白的难，
和千古的情。

烟霞是我们的身世吗？
终将逐一收编进
明天的新诗卷。
古柏是文曲星的妙笔吧？
早已悉数刊印在
昨日的古画图。

就此别过了育邦兄！
沿蜀道可下绵州，
可上剑门，
可返回你的金陵。
飞机高铁快过车马，
但请慢于微信发布的回忆。

（原载《草堂》2023年第2卷）

暮色里

包文平

两只乌鸦，谁的左右手，拉下夜色的幕布
胡麻地里，两个人，把站了一个季节的胡麻
撂倒。束紧它们体内蓝色幽暗的香气
地头是枣红色的马匹，舔着绵绵草
呼哧呼哧地，吹着响鼻

山中的光阴啊，缓慢却又那么匆忙
他们还没有，把成捆的庄稼送到马的背上
大片大片的阴翳已经包围了，小小的村庄

暮色中，马匹朝着村庄的方向
它的左侧，是我的母亲，头戴星光
它的右侧，是我的父亲，腰里别着
带把的月亮

（原载《飞天》2023年第7期）

赣江记
程　维

这一年，赣江枯得触目惊心
人也老出了沧海桑田，写在沙上的
过往，复读飞鸿与鱼消亡的路线
逆行的运沙船消失在沙里
码头上，一只铁锚沉没于记忆

滕王阁垂首向溺水的少年招魂
哪一堆沙丘不是囚禁波浪的城堡
腥红的夕阳锻造刺入深水的长矛
渔夫将背影藏进沿岸的大厦
枯槁的玻璃刻画出深凹的眼眶

拧开水龙头，鱼在水管里呼救
卫生间里冲出远去的白帆
市长到江边视察，捡到一张鲛衣
夜晚，他钻进了下水道
第二天，树上挂着殚精竭虑的表情

（原载《草堂》2023年第3卷）

偶然之诗
川　美

为什么是你，而不是别的什么人
与我睡在这张床上？
如果不是你，而是别的什么人

我是否仍睡这张床？

为什么是你，而不是别的什么人
与我创造了这可爱的孩子？
如果不是你，而是别的什么人
这一个宝贝，是否注定被取代？

为什么是你们，而不是别的什么人
成为我的丈夫和小孩？
如果不是你们，而是别的什么人
我将是谁的妻子和母亲？

为什么是你们，而不是别的什么人
与我分享此生的幸福或不幸？
如果不是你们，而是别的什么人
这幸与不幸是否会更换内容？

没有为什么。神在神秘地微笑
某个时辰，他造好一条小船
然后，直起腰身，环顾四周
一一念到我们的姓名

（原载《诗林》2023年第2期）

羸弱之时——给毛子

陈先发

立窗前凝望夜空的烟花绽放
人在羸弱之时
更易为光与色的裂变而出神

有人注意到，绽放之后的虚无感加重

烟花将所有深埋的
眼睛吸引到半空
没有人出声而孩子们走失
没有人默祷而老人们结伴死去
稀疏的冬雨，脸上的泥迹，文字的
蝼蚁，
时而被猛地一下子照亮
镀上全不属于它们的奇异色彩

冬雨、墙角……我们
拥有觉醒的知识，但远非觉醒的主体。
如此绽放，恰在我羸弱之时。
怎样去理解生命中不变的东西？

（原载《山花》2023年第5期）

花　园

曹　东

长椅弃在身后
席地静坐
我脸上的螺旋皱纹，和一朵花并蒂开放
没有预约
一个人的秋天，就装饰了
这春天

（原载《草堂》2023年第6卷）

登雅山再续

曹　戍

当我知道了荒野的秘密，岩石
犹如翻开了大地的册页
反复提示登山的人，某一层沉积的
万物的命运，与亿万年后
此时此刻的我们几乎相同

而天空中惊现的镰刀，收割了
深秋的苦楝，旷野在湛蓝的雪后
拥有了无比清冽的时刻——

铁路横穿城市，在大地上
像极了一把锋利的刀
跨越南北两极，割开山川的腹部

当我们接近荒野，群山的命运
就预示着接近了更为真实的自己

（原载《北京文学》2023年第5期）

动物之境

尘　轩

再过多久我也不会变成一只豹子
用闪电之速击中猎物
不会和一头麋鹿谈情说爱

甚或成为群狼的首领
我只会慢悠悠奔向终极之地
转很多弯，见很多人
在隐形丛林里觅食、行走、冥想
在有限的挣扎里，靠近些许无限
相聚，遂又别离
大象的使命不曾告与我知
黑猩猩的隐喻被植入神秘之树
我站在它们面前，相对无言
却相向而行，在未来解答彼此困惑
老虎有藏在心中的吼声，不发于浅表
豪猪从曹营借来箭矢，如今只用于防身
黑犀牛的词典里出现了"极危"一词
野狗的吠叫自此较为低迷
是否有更多的耳朵，听见来自地心的风声？
我们不曾深陷囚笼，却总是放不开手脚
不曾成为谁的敌人，却总处于提防之态
一道不可见的围栏置于面前
一双手或许早已伸向无垠旷野
是否有一双眼睛窥见我们深处的动物之境？

（原载《草堂》2023年第10卷）

灵池之水

陈波来

石头朝天抬高一寸，水就晃荡一声
纯净的，发自内心的

石头把水带到高出萧萧草木的地方

石头有多高，水就有多高

石头踞守着一些嶙峋而孤傲的高度
暗中却抱紧了水，从山脚到山顶

柔情至深如许，秘如看不见的裂隙
直到水从石头上冲天一发，万花溅开

人间再荒芜，也有一场磅礴的泪水
等你，替你哭尽喑哑的一生

（原载《星星·诗歌原创》2023年第5期）

黄昏带来惊喜
陈小平

暴动发生，在停放灵魂的谷垛
在积满雪崩的寂静的山谷
在每一扇亮着灯光的窗帘后
在儿童单纯清澈的睡梦中

我眺望，站在浪花飞溅的海岬
红树林栖息着看不见的鸟儿
渔网破旧，随意堆放在甲板上
海鸥在云涌风起的海面垂下翅膀

黄昏来临，悬挂在苍茫的额头
它穿过遥远的白矮星的黑暗而来
它透过皲裂的粗糙的肌肤而来

静静地携着小寒节令，呵气成霜

我固执地认为：水无形，人有常
生是开始也是结束。在圆周率
周而复始的数据链里的时间
终会消失，让远处清晰可见

（原载《绿风》2023年第1期）

望　江

曹　僧

去奶奶家时，堵在河上
窄窄的大桥，弯成一把拉满的弓
将我们的目光射向上游
袁河也有点窄窄的，不禁让人
想起舟船，和缓慢的旅行
正是湿漉漉的暮春——讨厌了有点
水草野长，擦拭着齐岸的船板
有人顺势入船，鞋帮上还粘着烂泥
我们的一位乡人，不晓得名字
略有盘算，但是善良而普通
这一幕岂不亲切？

又是另一天了。婚礼后的黄昏
赣江边。水闸封控着江水
下游，有人偷偷摸摸地撒网、垂钓
夕阳为宽阔的江面涂上成熟的果色
对岸的高压电线塔，像一根果柄

仿佛等着这岸的人将它提起
哪里还有竹篙，哪里还有马？
世界的一切都在变，偏偏
是这清澈的水如此平静。或许
人生代代，也都有这样的好光映照？
映照着两岸，映照着云天
和开始源源流入我们身躯的将来

（原载《草堂》2023年第9卷）

我旁观自己，已成常态

沉　河

在众多忙碌与喧嚣之后
期待已久的安静用来
回忆与思考。时间是
广阔无边的白天，和
寸步难行的黑夜。是沉默
和有节奏的声音。我已很少
回到我。我旁观自己，已成常态
这不是机巧的分身术
这是自然的安排。正如歧义的
相对论，孤独也是相对的

（原载《草堂》2023年第10卷）

岁　末
陈陟云

岁末已尽，总得清点些什么
事物却纠缠着消逝
时光太快，一个人走在风里，停下
茫然无措，焦头烂额
没有人会用痛苦去打扫一次心灵
没有人甘于安然而没有焦虑
街道通向墙壁
语言触碰沉默

仿佛一扇门已被关上，另一扇还未打开
覆盖我的光影
暗于黑暗
寂静来得多么及时，豁然何其美丽！
举手，敲门
我将放弃伴随多年的行囊，和背影
让灵魂孑然一身

年年岁末，你永远清点不了什么
该结束的终究结束
当开始的必然开始

（原载《作家》2023年第8期）

大鱼谣

纯　子

我曾在电视屏幕上，看到一条红色的
穿越大海的大鱼
它好像一面
红色的旗帜，安插在汹涌的波涛上
又像一只巨大的飞鸟
抚慰着一波三折的水面
因为过于庞大，只有辽阔的大海
才能装下它的身体
和它眼中的天空。而穿过大海，
就是穿过时间，穿过白昼和黑夜
而凶险、艰难
对于一条正在路上，执意要穿越大海的
大鱼，或许根本不值一提
当它一路向前，它巨大的身躯
让我命运里的惊涛骇浪，带着呼啸
回应它
而内心的漩涡却不能以一种深沉
且迷人的力量
将它吸入，并吞噬
因为比理想更远，比这首诗更远的
彼岸在等待它
——这个下午，我就看着这条红色的
大鱼，在电视屏幕上
带着我的身体，横穿生命的大海
那是一场长达一生的旅程，它要在航行中

完整表达我，那耀眼的红色
像是我生命的旗帜

（原载《星星·诗歌原创》2023年第3期）

冬日即景
程　川

龙泉驿区大面街道车城西五路，临空八十一米
旧太阳与地平线构成一对夹角
年轻的母亲移步阳台，将听觉拢上发梢
在一堆气泡膜中解救快乐
快乐的质感，有点像途经晚间新闻的洒水车
微霾的氛围为她的胎教带来《兰花草》
继而，一本明清小说里
她学会用脆骨咳，褶皱的部分
咳出烟囱、变电器和捂住肚皮的低压槽
被征辟围墙的事物总把自己拦在门外
受制于囹圄，像声音里的蝉
第二日，傻乎乎地趴在柳梢上
模拟对乙酰氨基酚混悬滴剂击穿颅骨时
激光灼热的信号源。有时候
更像炸开的石榴，肉体哽着一张弓
看不见自己的全部秩序，却能对准嘈杂的雪花点
教它投降。无疑，用旧的语言里
更能服从自己。我的替身时常使我无路可退
只能对恍惚的成都持保留意见
保留魔术和障眼法，在空置的凳子需要我时
挽扶蜀犬吠过的日，亮明阳台

让一个中年分叉的人，晒着古代
也晒着他的局部当代

（原载《草堂》2023年第10卷）

新春辞
杜　涯

新春，草木的年岁在世界上轰响
广场上，春风浩荡，法桐明亮
人们歌咏、闲步，奔走在柳丝初绿的路上
生活，持续着不变的喧哗和安闲
我是喧嚷中的孤独淡远一物
每日独自坐在窗边，看远处的生活斑斓
听见风在屋旁的树梢上排布得浩阔
有时平静淡然，有时沉溺于伤感：
往昔的一切已一去不回
时间的长河带走了万物、岁年、温暖
远处，世界仍一如既往地喧腾、斑驳
冬奥会，交响乐，战争的警告，疫情的泛滥
而在我的身边，文峰广场旁的迎春花开了
望田路两边的整排紫叶李也在含苞等待
岁光仍在无言地有序地循环
天地间一种至高的法则从来不曾改变
世界，虽然你摇摇欲坠，愈来愈不能
让我感到依靠，但我依然选择相信你
因为时间在前行，春去春又归来
我听到来自晴空的隐隐的沉定声音：
一切都会得到庇护、拯救
一切，也都会得到重建，重开重来

（原载《长江文艺》2023年第4期）

去往何处

大 解

走到半路时，忽然忘了去干什么，
究竟要去往何处。一路上，没有同伴，
没有召唤，没有回音。但我一直在走，
前面并无道路，走，
已经成为惯性。
方向失踪了，走，源于本能。
我走得很快，一旦我超过自我，
我将伸出一只胳膊把自己拦住，
我若止步不前，身影会站起来，
独自走到时间的前面。
走是必须的，
可是究竟要去往哪里？
是真的忘记了，还是从未有过初衷？
我在走，我已经大汗淋漓，热气腾腾，
几乎要冒烟了。
但我不知去往何处，
渐渐地，我的身后，跟上来一群人。

（原载《文学天地》2023年第1期）

湖 边

灯 灯

水的栅栏，光线的老虎在走动。
我再次感觉到群山

和更高远，未知的事物。

我把我，推了出去。

（原载诗集《清澈》，长江文艺出版社2023年8月）

不熄的黎明之火

朵　渔

世界的暗夜降临，有人在点灯
有人在舔舐铁器上那冰冷的盐
所有爱的土地都变成了流放地
让我们把生的希望留给死者吧
把未来的道路留给过来人
然后转身回到心的巢穴，回到
你臀部之光所照耀的领地
在那里，一座中年的迷宫已经修好
让我们安全地迷失在其中
仿佛一艘疲惫的船沉重地靠岸
而头顶的每一颗星
都在它永恒的位置上
指示着一种内心秩序
在我们悲哀的心灵深处，仍有一支歌
在不停地唱，它唱：那不熄的黎明之火
那是我们不曾到过的黎明：当我们
从漫长的睡梦中归来，一些灯火
已经熄灭了，一些则不。

（原载《新诗选》2023年春卷）

在 C6657 次车上

戴长伸

铁路线一侧，无边的绿色
树木，花簇，叫不上名字的草
一直蔓延向遥远的未知

撞进我眼睛里铺天盖地
我心里也有铺天盖地的万只小兽
有我即将久别重逢的你

（原载《草堂》2023 年第 5 卷）

麟州故城怀古

东　篱

黄昏是块无以匹敌的旧绸缎
它将故城裹得越发古旧
有人仍在慨叹"燕然未勒归无计"
胡笳、画角，仿佛从未断歇
窟野河裹挟着正史与野史
死去的牛羊和泥沙，在奔流
自西北向东南，于沙峁头
被更巨大的洪流所改写
长城无法撼动，敌楼、城墙毁了
还有破碎的砖石和结实的夯土
在言说，替历史
替官家与民间。这样的时刻

干烈的边塞风，仿佛羌笛
幽怨而沁凉。我在神松下独坐
是的，我曾不止一次搂抱它
在梦中，在遥远的长烟落日的
岁月。它早已化作乌金
幽深的地心里，烛照这座孤城

（原载《福建文学》2023年第1期）

蝉鸣如诉
二月兰

过完这一生需长命，蝉的悲鸣
夜色降临
尼亚加拉瀑布带来了它的琴弓
旷野闭上眼睛，密林静听它的回声
有水向悬崖集体奔赴
此刻，我们都活在心肺复苏除颤器中
像那些站立在脚手架顶，屏住呼吸的人
悬空时，神在向我们伸手
静极了，轰鸣消解了死亡的恐惧
我们生来就是被安排的
短暂的，久远的，混沌的这一程
请慢慢解开我们的双眼，双手，双臂
让琴音回到它的琴弓上
蝉的胞衣，以婴儿式跪姿叩谢苍生

（原载《草堂》2023年第10卷）

寂 静

二 缘

入冬这天，气温下降了很多
有一朵三角梅落在了地上

这样的情景，让我想到了有些生命
把自己埋在很深的土下面越冬

冬天是一段很漫长的日子
在惊蛰没有到来之前，地底下是寂静的

我曾经见到过这样一个场景
翻耕的土下面，有一只不出声的青蛙

我还认识一名听障女孩
很多年，都没见她笑过一次

（原载《诗刊》2023年第6期）

汉 阙

符纯荣

精雕细刻中，有盘旋而上的力
——隐逸，持续，绵韧
石的稳重，与日月、星光的轻盈
据说，早已达成水乳交融

宫廷散去，觥筹残损。夕阳
落幕于追逐的过往
某段光阴的孤独，总在无可言说的
言说中，放大欲盖弥彰

故事结局多年。讲古人仍驻守于
惟妙惟肖的表述中
有人前来，风雨便不失时机出现
打动疑问与惶惑参半的内心

绮丽，华贵；清逸，俊秀；抑或
繁复，壮美……铺陈排比也好
遗世独立也罢，即便是一檐斗拱
也有完成重构的功力和精妙

在汉阙之乡，它们身姿挺拔
犹如美人重焕生机——我触摸得到
那绵柔体温，听得见
深藏于阴凉中的情感和记忆

（原载《草堂》2023年第9卷）

系马桩

范剑鸣

在跑马场，那些大汗淋漓的骑手
正在和马分离。运动和休歇，构成
比跑道更其完整的圆圈——
对于人和马，奔跑只是小部分时间
马被系于固定的位置。我久久盯着缰绳

那根毫无商量余地的系马桩
像中国人最初的文字，或一个卦象
也像最开头的阿拉伯数字
我对马的安静表示吃惊，同情
马打着响鼻，咀嚼，晃动漂亮的尾巴
设想自己在人们眼中的形象
动如脱兔，静如处子。系马桩成为
其间的分界线。它分开了，也连结了
生命的两个境界。马和桩互相接纳
我渐渐对马的处境抱以羡慕
就像年轻的写作者，找到了一位
值得依靠和学习的大师，被系于某个
美妙的区位，又设定了奔跑的起点

（原载《诗刊》2023年第16期）

惘然录

方石英

为什么在我特别清醒
或醉倒前，总有《锦瑟》响起
回忆让我沿天目山路迅速老去
只有双鱼座的灰姑娘
失联之后永远年轻，至少在四首诗中
你让我无比脆弱，十年，二十年……
你亲手交给我的报纸早已泛黄
请原谅我，依然无法用英文精确表达
我喜欢你喜欢我的样子
我喜欢你在斑驳光影中清唱
我喜欢你又失去你

直到琼·贝兹白发苍苍
西湖上空的繁星不再旋转，我想你
时间的大雪渐渐将我活埋

（原载《当代·诗歌》2023年第1期）

从隐喻里抽身

方文竹

在众人的船上，远远望到你，一片红杉林
我就开始为心灵松绑

你再也不是"火焰"，不是"鲜血"，不是"刚强"
不是一个时代的"绯红的脸"
不是秋冬的文化抵抗季

普罗米修斯找到了回天之路
我有微弱的挣扎，片刻的踌躇
最终，我拧开了秘密的最后一颗螺丝钉

我有三千里的疲惫，乘着白马非马
我有八百亩的还魂草，魂魄大白于天下
我有三个不眠之夜的情和思
我有心里溢和太满，像这涌涨的青龙湖水

而你，只是一片植物
在皖东南的土地上生长
只是符合一位写实主义画家的尺幅
慢慢地描

当然，你也可以是母亲的怀抱
让我于凛冽的寒风中，靠上去

（原载《星星·诗歌原创》2023年第11期）

红薯盲盒
方志英

从小至今，红薯就在我的心尖上
我爱她软糯如吻的甜蜜
谷雨后，父亲的红薯秧穿过疫情火线
空花箱捧出城市的愧意和热情
朝东南，向西北
顺着风的意思就会有好长势
红薯秧站稳脚跟，携院子里的花木
踏莎行——听我说，莎，应念为"suō"
清水、目光或者梦相互喂养
她们越来越像庄稼该有的样子
红薯叶唱着蝴蝶扑闪的音调
卷走了整块苍翠的田野和清风
蚯蚓、蜗牛和好看的瓢虫住在花箱里
它们是我童年的一部分
晨昏和鸟鸣也住在花箱里
它们是我如今的平淡与宁静
而盲盒，是红薯秧的后缀
是土地的献词，是身心沉浸的神秘
藏着我巨大的期待和想象
待万物褪下穿给霜降的秋装
盲盒开，赠予我一季红薯当半年粮

（原载《四川文学》2023年第10期）

喀尔坎特大草原遇伊犁天马

飞　廉

那时我们年轻，整天东奔西跑。
伊宁到昭苏的路上，
我们喝掉了 56 瓶伊力老窖，
我们唱歌，
我们大笑着掉眼泪，
我们伸长了脖子走进乌孙古国，
乜斜着眼远望哈萨克斯坦。

喀尔坎特大草原，
一群马，
狂风烈火，呼啸而过。

那一刻，我们热血奔腾，酒意全消，
那一刻，我们突然明白：
常年我们东奔西跑，
无非是想就地打一个滚，
站起身，成为一匹伊犁天马，
跟它们一起骄傲地吃草。

（原载《诗刊》2023 年第 10 期）

晨　间

冯　冯

我们所过之处皆为我们。

请夜盲的星星走开！
我备好了豌豆荚，灯笼椒，包心菜
和素白的餐桌。
砧板上敲击着生与死的节奏。
求祷声在晨间飘荡。
红尾伯劳鸟落入栖木的枝头
诉说对那片胡杨林的忠诚。

唱给所有倾听者。矮牵牛花将在春天归来
露水包裹着这个清晨，摒弃我于林外。
拨开浓雾的灰烬，会看到我裸动的灵魂？

世界倾尽，消失在曦光的阴影中。

（原载《诗潮》2023年第10期）

踢落叶
符　力

层层叠叠的落叶：干枯，卷曲，满身皱褶
仍带着浅浅的绿色
寒风一遍遍地吹着它们
它们一遍遍地动着身子：几片翻了身
几片起飞又很快坠落
这是农展馆南路的白杨树下
这是早班必经的路上
眼前出现唐纳德·霍尔"踢树叶"的画面
风中响起一个声音——
别踢它们，它们已是落叶：

被死亡之爪牢牢攫住，即将腐烂
在大雪掩埋的黑暗中

（原载《诗选刊》2023年第9期）

你好，繁忙的街头轰鸣

傅元峰

你好，繁忙的街头轰鸣
此刻，我需要一个像你一样
一生都不愿意擦拭星辰的人

两个女人送茶给我
她们的茶很高
我在悬空的书房里
向你发出遥远的邀请

请绕道一本叫作《湍流》的诗集
实在不行就绕道策兰
他住在更高的地方，比尘世危厄

只是这样，就容易惊动已逝的一切
你在我家，将格外静寂，郁郁寡欢
夏日的清凉，将显得无人享用

（原载《扬子江诗刊》2023年第1期）

珊瑚项链
嘎代才让

大海，层层翻滚，嗜血
构建成立体的珊瑚礁生态系统
岂知它吸收氧化铁
繁殖，生命已很脆弱

在脖子上显得格外膨胀时
我在做一场梦

"血淋淋的一串石头，失而复得
长满了脚和眼睛"

（原载《百柳》2023年第5期）

一份证词
耿 翔

很多时候，我把与母亲
有关的一些事物，当作若干年后
重新审判自己的，一份证词
收集起来

这是她在大地上，走过简单
平常的一生时，那些曾经给她带来幸福
也带来不幸的事物。有些让她
一直惦念，有些让她避之不及

她的一些泪水，一些心跳
都带着她，一个人的
经历，被入木三分地
刻在其上

就像这片，与她牵绊了
一生的芦草，它们之所以不死
是很想成为，保留在大地上最后的证词
很久以后，为她的亲人还原
一个女人，在这里所经受的
人世上的磨难。也是它们
梦里托我，应该怎么
守住这些事物

至今活在，那些事物里
我也是一份，经过时间的甄别
最能还原，母亲的
一份证词

（原载《黄河文学》2023 年第 1 期）

二月的成都
干海兵

二月落在你灯光的涟漪上
二月赠我一匹好马
二月风从雪宝顶上来
它不来，满地的绿色
化不开

二月我将返青
桃花只敲你婉转的窗口
二月岷江水扭过平原
二月如青蛇，吐出三更的
火烛

二月有人携手走上了树枝
龙门山以北，油菜哗哗
一条雪白的高铁载着我过去的新娘
红裙子，笑颜次第展开

（原载《诗刊》2023年第19期）

在哀牢山，回想郏县三苏园
孤　城

风吹过此在，也吹过郏县。
风在哀牢山叫长风。在三苏园寂寥深林，
幽然平添一种，
回形针般的俳恻。混同曲折找到自身。
转述了，宿命的无端。

远足人平生赴山水宴，奏跌宕腹语。
于流水之声剔出来的神迹处，停棺不前——
渐次，三个名字，以青烟，以土丘上的侧柏为垫。

墓石有难以焐热的沁凉，人世有更迭不尽的浩荡。
四下多哀牢，不去想
万物诺诺，常使回形的针痛，被生吞。

（原载《诗刊》2023年第15期）

挖土豆谣

古　马

等新麦归仓后再去挖土豆吧
让南风尽情吹拂
让太阳把更多的热力和糖分
通过覆盖地垄的绿蔓输送给它们
让它们在暗中再长得壮实一些

等秋分后再去挖土豆吧
白露纷繁
提秧则散
滚落田野的土豆个个大过吃饭的碗

我们如此欢喜
有人在月亮姗姗来迟的傍晚
迫不及待用土块就地垒起了窑灶

我们把铁锹都放在了一旁
兴奋地搓着双手
让烧红窑垒的火光照着泥与汗的脸
土豆烤熟的香味开始四处乱窜

边地蓝莹莹的胡麻花
秋天鸟儿的眼睛
也和我们一起沉醉了啊

（原载《诗刊》2023年第21期）

昔事如隐

谷　禾

"雪一落下来，就回到了北平……"
你是说，昔事如隐，深藏于细雪的深肤，
而紫禁城的朱漆门环，宫墙上的
瑞兽、箭楼，筒子河上的反光，卧雪的鸭子，
缤纷来过的、欢喜的、熙攘的拍照者，
仿佛雪的幻影。烟袋斜街的暮色里，
胡适之，陈独秀，周树人，沈尹默，刘半农，
更多白头的旧址，风雪中越走越远了。

残损的城垛，几只鸽子飞起又落下，
鼓楼的灰瓦落成了白瓦，金台收拢夕照，
挑檐的铜铎，漾出风吹玉振的回声，
朱门深深，青砖甬道铺向百年后的市井。

有更多的鸽子，落向雪打的灯影。
有更多的雪呵，落入时光的褶皱。

（原载《诗歌月刊》2023年第6期）

山　中

郭建强

耳边一直有人低语
你停下脚步——只有风声
风声飒飒，只有风中沙土细微的喘息

山体延绵
率性地升高或凹陷
日月之行，若出其中，几乎容纳天地
却又处处留有余地，处处留有出口
——母亲一样地送别和挽留

天色昏暗，你还在不疾不徐地行走
走过山涧，走过草原和林地
光线深红，然后变蓝，变黑
耳畔一直有人低语

（原载《诗刊》2023年第17期）

落　叶

郭晓琦

在一片落叶中，至少会遇见
一场比刀子还硬的风
比月光还白的霜冻——

在一片落叶中，山还是原来的山
梁还是原来的梁
只是悬崖铁青，只是草木衰败
只是细小的河流干枯
只是龟裂的河床上
堆积着一层用过的旧时光——

在一片落叶中，一定会听到
脆亮的鸟鸣

喑哑的蝉嘶
一定会听到叶子与叶子的交谈
雨水和雨水的低吟
风和风的纠缠
一定会听到一个鲜活的人间——

在一片落叶中
如果你看到一个匆匆而过的身影
那肯定是
一个在深秋的暮晚
踩着落叶的脚步回家的人——

（原载《十月》2023 年第 1 期）

日常而又伟大的赐予
霍俊明

有一年回乡
我推开后院的绿皮铁门
迎面是不小的震惊

居然母亲在屋檐下栽种了两垄草莓
潮湿墨黑的阴影中
浓绿斑驳的倒卵形叶片泛着微光
边缘的锯齿在风中抖动

居然已经到了挂果期
一个个鼓胀的尖卵形果子红白相间
时间的血液

正在内部甜蜜地发酵

当我摘下它们
每一颗都是那么的可口
酸中带甜的汁液任意流淌

居然那也是母亲唯一一次栽种草莓
那时她还年轻
每当我将果肉塞到嘴里
她就在北方的花椒树下微笑
母亲种的草莓
在一个透明的巨大时间容器中
是的——
"多么日常而又伟大的赐予"

（原载《大家》2023年第2期）

一个月的最后一天

海饼干

八点，我和司机
去贵池接客人，商务车
驶在陌生的乡村公路上
像一条蛇在盲道上爬行
殷汇路口的山
光秃秃地裸露在平原上
汇丰村荒凉得
像大地上的一颗雀斑
有两人站在地里

一个人挖坑，一个人埋
仿佛在恪守一种古老的仪式
她们旧毛巾下的脸像
两块糊掉的土豆，返回的路上
客人和我谈到文学
谈到人的处境时我再次想起了
那两块糊土豆一样的
面孔。

（原载《安徽文学》2023年第3期）

空物件
韩少君

常常为空物件而生
冥想，使用它的人
不在了，空物件是
他的一件遗物，出自
某人的手工制作

有时，它和外面田野
由远及近的幽微声音
莫名地搅在一起，如果
是下雨天，木质物件还
会增加一点淡淡的潮气

没有搁置任何东西，空的
朝夕的光线照射进来
消逝的部分即刻被填充

那就让光阴朝此聚集
被他使用过的空物件
不可或缺,现在,用来
证明从前,证明某个大事件

(原载《福建文学》2023年第9期)

偏爱高原

何 苃

偏爱高原。在那里,
每条河流都有一张干净的脸,
每颗星星都有少女般的眼睛。
高原的山,
是风的语言垒起的牙齿,
高原的雪,
是云的燃烧伫立着的音乐。

走进高原,踏上茶马古道,
你能感受空间的满溢,
时间的倒流。
当马蹄擂响春天,
唤醒沉睡的草原,
格桑花的那个美,流向你的喉咙。

在高原,与雄鹰对眸,
灵魂就能长出翅膀。
于是乎,你能掌握飞翔的密码,
译出太阳的灯语。

是的，峡谷深处，
那原生态的嗓子，
对歌雪山之巅的那朵火焰，
诠释了高原红。

高原盛情。披一条洁白的哈达，
饮一碗醇香的青稞酒，
踏着锅庄的节奏，
你会钟情一件氆氇袍。
让人忘其所以的是，
站在云海之上，陶醉的眸子，
竟想呼风唤雨。

偏爱高原。
露营一夜，
做完一生的梦。

（原载《草堂》2023年第10卷）

歌　者
何向阳

那只曾向你摇篮里
抛撒花瓣的手
如今去了哪里

那个低回地吟诗的少年
在落雨的江边
他是谁

那位白发老人
用背影说的沧柔
是哪句话

那个赶路时频频回首的
脚夫
扛着一面破旧的旗子
一路歌唱

他是不是就是我
或者
我的爱人

（原载诗集《如初》，江苏凤凰文艺出版社 2023 年 9 月）

消失的三江口兼致友人
何晓坤

万峰湖无所不能，无声无息中
曾经的山冈与河流，已然不见踪影
竹林旁的吊脚楼，浪花中漂洗的长发
也不见了踪影。同时不见踪影的
还有旧挂历的封面——三江口

这本无字的天书，从云南
翻到贵州，注脚，消失在广西境内
粼粼波光之下，鸡鸣三省的传说
不再需要结尾。人类轻轻一个转身
江河相会的后花园，就被取缔

我并不是沉迷于旧时光的人
教科书的版图上,也依然能够找到
南盘江、黄泥河、多依河的名字
但我真的不敢再呼唤三江口
我怕尚未开口,它已浮现眼前

浩大的水面之下,它的名字
已被加密。而水面之外
不会说谎的人,一直在抽刀断水

（原载《诗刊》2023年第12期）

所有房子都是活的
黑　陶

黄山和白岳之间,被群山染青的所有房子都是活的
墙的白昼,瓦的黑夜;淡蓝色炊烟,是房子们正在进行的古老呼吸

（原载《诗刊》2023年第6期）

自　传
胡　亮

我想写一部自传,或者呢,半部自传。
我想把自传写成一棵小叶榕,这样,
就放大了虚荣心。我想把自传写成
一条鲑鱼,这样,就放大了决心。
我想用半部自传胜任一部自传,

这样，每个字都得有两个字的容量，
每个字都憋得满脸通红。

（原载《草堂》2023年第4卷）

时间的暗门

胡　马

多久没见过这么晴朗的天空了？
在肥西，在紫蓬山中
一株油茶花
沿丘陵的峰线结下手印，
将西庐寺的钟声摄入远去的高铁。
秋天的艳阳把我们的足迹
晾晒成沥青和铁锈，
在古道遗留的叶片上恣意涂抹。
那远行北方的名将，名字
曾在寺院的门楣上将日光反射，
遗失在时间洪流里的哀痛
再也荡不起一丝褶皱。
一部《大藏经》被历史翻至1864年：
光影中，暗门虚掩
仿佛汲水的僧人借此出入，进退。
从我身边的黄连树旁经过时，
他脱下太平军的戎装，
在藏经楼和峰回路转中消失了。
废墟上，山门重启
隐隐框住一脉远山的黛蓝，
供后来者研磨王朝尾声的秋意。

铜和白银之间的兑价，
是挂在繁华腰围上的钥匙，
聋子只听见绝美的风铃，
掘墓人听见时间撞响决绝的丧钟。

（原载《草堂》2023年第9卷）

到苏州去
胡　弦

崭新的自行车，我们沿着大堤骑行，
春水涨，河面几乎与堤平，
整条运河像在身边飞行。
在某些路段，或转弯时，
河水的反光刺眼。
——落到河面的温和光屑，经过
波澜的炼制，
突然变成了沸腾的白银。

船都高于岸，尤其那些空船，
轻，走得快，像我们
已经来到，却尚未想好怎样使用的青春。
我们交替领先，像比赛，
按捺不住的波浪在体内冲撞。
有时放慢了速度，直起身子，为之四顾，
骑过乡村屋顶、油菜花田。
而当一群雀鸟掠过河面，从大堤上
一冲而起，
我们又兴奋起来，弯下腰

紧蹬一阵，朝着有翅膀的事物大叫，
邀请它们一起到苏州去。

(原载《诗刊》2023年第1期)

节
胡兴尚

在故乡，我们拥有最多的
是竹子。它横向的开辟
纵向的节节攀升
几乎规制了，一个村庄
数百年的基业和人伦

一节节人情世故
一节节生死病痛
乡邻们恪守着
竹子的方寸和规矩

我们偏爱节生之物
竹节草，竹节虫，竹节虾
一节节掠过屋顶的
日色和乡村晚景，以及
奶奶一节节弱下去的心气

老人们到达天空的顶部
种下一节节飘散的骨灰
月光宁静，一些簇生之竹
顺着我们的骨头，长满虚怀

(原载《星星·诗歌原创》2023年第10期)

在莲花山

湖南锈才

大山吹口气，仙雾缭绕
远处的睡美人
裙子被风撩起一半，又放下
一切都浮于半空中

瑶家阿妹说，要到更高的山
才能看到，这山就像一朵
盛开的雪莲

那天有清纯笑脸，清脆笑声，青涩年少，青梅竹马
以及，青出于蓝而胜于蓝
还有山歌阵阵，隐约鸟鸣，弱弱阳光，眉角白云几许
连我这种木讷之人，也突然想开口说话，口若悬河
突然想起一个词：口吐白莲

（原载《诗潮》2023年第9期）

故乡的无名河

华　清

就是那条梦中的河流，在一个秋日出现
早晨的苇丛，正用荻花将她梳洗装扮

一条船，一具斗笠，或是一蓑烟雨的烟
河流和秋天的芦苇，隐在淡淡的雾间

历史敲锣打鼓，从地平线滚过
被风吹着的少年，正从河岸梦游

多年后他知道，那是齐王点兵之地
如今只剩了野草，那战车千乘在哪？

有人横渡泗水，有人远走高飞，有人死于河中
两千年就这样过去，如同这个有雾的早晨

那梦中的河水早已断流
间断被填平，如干涸记忆的草蛇灰线

（原载《江南诗》2023年第3期）

看一部战争电影
黄　芳

终于，少年用钢琴声把炮火声覆盖
世界陷入了安静
德国少女走过来轻声唱和，把乐谱
翻到下一页

耶稣在上方，家乡在远方
少年站在战争的中心，一脸惊惶
入伍前，他学的是一分钟
打六十个字
而不是对一堆尸体练习扫射

但战争让孩子拿起武器

少年在准星里看到一张比他还年轻的脸庞
像他一样蓝的瞳孔
深海般地突然铺满天空
他闭上眼睛
就在这瞬间，发自深海的燃烧弹
让他的战友变成烈焰

终于，哭泣的少年绕开战友的尸体
走向钢琴
没有哪一阵琴声能够覆盖炮火
但德国少女的歌声让人想起巧克力
想起家乡的玫瑰园

（原载《花城》2023年第3期）

窜出地面的根须
黄世海

苍老的或嫩嫩的根须，都想撑起
一片自己的天空

不能直接向上，就恣意地横着走出去
石头和泥土有一场对话
没有发出一点声响。粗壮的树干
沉默不语

一种心照不宣的氛围在天空弥漫
树叶，绣着朵朵白云
千回百转，一根脐带塑形与祈祷春天

肉身已经饱胀

自己使再大的劲，也无法生长出茎叶
还是横着走吧，只要露出头来
就是一生的骨骼

谦卑与伟大，在哪儿并不重要
无论是向上，还是横着，都与树干一样
有一张自己的脸

（原载《诗选刊》2023年第5期）

夜空下
黄小培

仰望夜空，仿佛深陷空寂的山谷
虫鸣锯开的寂静里，有一条小路
通往九十年代的娄樊村
我用十年时间走出的村庄
至而立之年才开始爱上的村庄
从整个村庄泼洒的灯火中
我看到了它的陈旧，温暖而恍惚
草木时代的娄樊村，它有耐心
不急于跟上时代的步伐
野草爱着牛羊，青菜爱着庄稼
人们在有限的土地上过着简单的一生
浩瀚的夜空里住着我的遥远的村庄
像一片孤云飘在我的头顶
成为过去和现在之间的平衡力

微弱的星光带动微弱的风吹动人心
平静的池塘，爱说话的小树林
都在此刻孤独的人间睡去了
而许多事物像我一样在前半夜睡去
在后半夜醒来，陪我安静地醒着
像那些离散多年的亲人坐在身旁

（原载《星火》2023年第2期）

不值一提的人

寂之水

我写下胆小、怯懦的眼睛
粗糙的脸庞，在流水线低头流汗
走在宽阔的马路上，缩紧身体
写下一颗提着的心
被拽得生痛，不敢言语
很多时候，匍匐代替了行走
很多时候，沟壑代替了路途
把背离土地的地方当作方向
走向哪里却都是流离失所

我写下那些同行的人们
那些不值一提的人
他们背井离乡如尘埃被风吹落
奔向一个又一个旋转的工厂
如虫蚁在前进中胆怯
如蚯蚓在黑暗中坚韧
他们星火般的信念

在夜色中行走、闪现
比任何人都要热爱
黑夜笼罩下的世界

（原载《草堂》2023年第10卷）

不饮酒
姜念光

黄昏时分酒宴四起，我左顾右盼
不饮，让我仿佛独立于世

小口如雕虫，大口就像当头棒喝
不饮，耐心的木匠握着清醒的钉子

假如喝酒是反复在词根上浇花
那么不饮，标题下的某个物种是否会消失

努力活着，拍击钢琴，在庭中烧炭
不饮，过气的雄心是否还能死灰复燃

而你们的炮兵开始叛乱
推杯换盏，悬崖欲倾，群峰需要飞跃

举座的英雄和美人到了沸腾的顶点
我不饮，却悄悄积攒了一个骠骑兵团

低头认命的人，语法必然卷刃
不饮，又怎么解释这种横行之美

格局破裂了,但河山畅快
你们五十步笑百步纷纷渡河

快马加鞭走到了人生的另一面
不饮,我在边缘地带行百里半九十

终于不饮,使我像一个落后分子
无法与你们联手,到达彼岸

(原载《作家》2023 年第 10 期)

诗人之责
吉狄马加

他们说诗人应该做些什么
像一个网络或电视上的红人
比娱乐明星更惹人关注
抑或将他人的声音
变成自己的声音
成为传声筒。
他们说今天已经读不懂
诗人的诗
(据说李商隐曾有过
这样的遭遇
此种争议还喋喋不休)
他们说
读诗的人已经很少
过去读诗的人真的很多吗?
是极少数里的

大多数

还是极多数剩余

的那部分

事实上诗一直在寻找

不多的

志同道合者

从屈原到莎士比亚

从里尔克

到卡瓦菲斯

这些文字的结晶铸造了

属于他们的夜空

那些孤独的星星

照亮了我们。

诗歌是灵魂的低吟

但也必须承担

维护正义的风险

如果诗人的责任

遗忘了创造语言新的可能

忘记了生命

和悲伤

失去了自我

如果这一切都成立

无疑就宣布了

诗歌的死亡。

(原载《十月》2023年第4期)

自己的山脉
加主布哈

蹲伏的山脉，邋遢的山脉
我是我自己的山脉
我接住一场白茫茫的雪
犹如接住一生，白茫茫的宿命

我是自己孤独的歌手，也是自己巍峨的观众
身体里的群峰和峡谷，都是我分明的模棱
我是我自己的群山

在自己的身体里
放养野兽的野，放养通天的河
放养一些古老的隐喻
我织了一张黑色的密网，有关夜幕
有关，如何困住自己

我是我自己的山脉
在自己的身体里放火
不为惩戒，不为渡劫
更不为，抹平爱恨

（原载《北京文学》2023年第12期）

赤脚医生

葭苇

每每，你腾出细胞里
宽阔的空气，吸收
我乱糟糟的淤血。西山
与北海，也交叠着领地。

一开始，偶尔有贩夫
和走卒，淋上我抖落的雨滴。
水仗剥开金戎装，剥不开
花篱口的袅娜心。你走进

我走不出的雨，你有你
澎湃的律令，踽踽，长鸣。
明天，我会以哪一种形状
醒在，你细细的水声里？

但水和水，总要回到
我失修的身体里去。凌晨
三点，我摸到大雪的
肌肤上，蠢蠢欲动的

一颗血疣，你说，
那是太阳下，最小
而磊落的红色山丘。

（原载《草堂》2023 年第 6 卷）

栀子令

简　敏

清晨如白开水，迷雾氤氲在
季节的高点，最后停歇在雪山之巅
目光远一些是钢琴键交错的存在
感受弦音、振幅和陌生事物
近一点则是纯白栀子香运动的部分
窗帘外结满了整树的白
花瓣正下坠，地面开始积雪
我们认真谈论这些轻的，细微的
以此度过平和一天
并从厨房的蒜皮落进我刚写的句子
祖母的老花眼镜过渡到
吸铁石上的针尖
哥哥，其实我们已经提及太多琐碎
应该约定黄昏后出门寻栀子
看它如何使用气味拓染行人衣衫
看它如何为我们诠释
永恒的定义

（原载《草堂》2023年第10卷）

那年高考前夕父亲来看我

剑　男

那年高考前夕，父亲从工地来学校看我
临回去时下起了大雨，父亲

只好留下来和我一起挤在宿舍的小床上
为了不影响彼此的睡眠
睡觉的时候父亲和我都尽量把身子侧向
各自睡着的一边，窄窄的木床中间
居然留下了一条宽宽的缝隙
夏日的雨夜闷热潮湿，我已记不清楚是
如何睡着的，只记得天亮醒过来时
有阵阵凉风轻轻吹在我身上
迷迷糊糊中睁开眼，只见父亲坐在我脚头床沿
正用草帽对着我轻轻地扇动

（原载《山花》2023年第7期）

鹅

江　非

有时，牧鹅人会把那些鹅赶到一片荒地里去
它们边走边低头嚓掉那些草叶，他们数数
那些白色的宽背，然后走到荒地的尽头
坐着等待鹅群，将草地洗劫一空

会将那些鹅吆喝着往前驱赶，上去给大地
推上一把，想让它转动得更快一些，但它们并不理会
那些鹅，充满了无边的野心，只有现在
毫不留意光阴的边际，周围都是鹅在割草

它们与其他的鹅群隔着崇山峻岭，但发出同一种声音
不停地走路，试图将地里所有的草收割殆尽
他们知道那些草吃掉了还会重生，那些鹅

在慢慢往前推进，知道它们是在替人类耗
尽时光，而草永远愿意

（原载《诗刊》2023年第2期）

山　中
江　离

当我们说起山
它总是在我们的想象中——
崇山、幽谷、云雾
不能尽言的神秘归之于此
不周山撞断后日月西行
西王母的瑶池在昆仑山上
晋人王质在山中观罢棋局
他的斧柄已经腐烂
开放的空间和塌缩的时间，托举着
有死者的世界
这些都是远古的传说
更切近的，是诗画中描绘：
南山悠远，蜀山险峻，溪山雄伟
它们构成了
自然与精神的双重境界
几处远山，在《水村图》的尽头
暗示着我们的生活需要的远景
不至于太高也不会太低
超然，但不是超验
……机翼流金，如大鹏御风
往下看，千山已如平林

山中，风吹落了松子
那时，我们这些丹丘生、岑夫子
正举起杯中的青山，饮下世间的繁露

（原载《青年文学》2023 年第 3 期）

我想得到你的夏天
江　汀

我想得到你的夏天。
在远离你的地方，
我偷偷地拆去时间的包装纸，
一边发抖，一边咽下回忆。

在小镇的某一个院子外面，
我开始捡拾樟树的果子，
仿佛捡拾我一年内散落的痛苦。
它们堆积在我的头上，
漫过了我的发际线……

我希望用它们换取一只布谷鸟，
再用它的声音换取一个早晨。
……就这样，你降临了！
你眯着眼睛，看到了那个
出现在眼前的我。

合上书本，踩上桌子，
打碎你的窗玻璃，
离开你的灵魂——听我说——如果夏天到来。

（原载《中国作家》2023 年第 2 期）

写在心电图报告单背面的诗

蒋立波

隔着一张白纸，我仍能听到自己的心脏
怦怦跳动的声音，而且几乎可以肯定
在某个时刻，心跳到了纸的背面
就像很多时候，我需要走到我的反面
到一个更大的矛盾里去辨认被遮蔽的自我
一个无法参透的词，需要到反义词里去辨析本义
一个苍白的词，需要从静脉中泵出新鲜的血液
而一个左右为难的词，已迷失于紊乱的心律
像左心室和右心室互相使劲地敲门
一种自我的急救，逼迫我用这些无用的词
雕刻出心瓣膜的形状，或者如玛丽安·摩尔所说
让"不迷惑提交它的迷惑给证据"
笔尖走动，直到第一个字，跳出字面意思

（原载《江南诗》2023年第3期）

用目光击掌

姜　巫

他从婴儿车里向我望来，
充满好奇与不解，凭借懵懂的见识，
他辨出了我的痛苦和虚弱，
一个哈萨克孩子，或者维吾尔，
用他尚未进入的语言。
他的祖母笑着看我，复又逗他；

我动了动眉毛，朝他扮鬼脸。
突然，笑容浮上他的脸颊，
仿佛我们刚刚用目光击掌。

（原载诗集《胸中晴朗》，中国文联出版社 2023 年 10 月）

身体里的江山
姜　明

开窗放入大江来。
古人的句子，是为我写的。
万里长江，是我家的客厅
古人无非是，客舟里的旅人
江湖风波大，以诗为帖，拜请我
多加关照。

而我是那样的宽容
这缓缓东流的大波，已被我抽掉了
骨头。江面不会站起来咆哮
这是九月，洪峰过境经日
河床依然很高。但我
把水的骨头抽掉了

嗨，谁让长江是我家客厅呢
腾跃或偃伏，都是自家风水

嗨，谁家心里，不横卧着江山风月呢
谁又不想当主人呢

（原载《草堂》2023 年第 1 卷）

何为故土
康 雪

人死后，都去了哪里
没有谁能告诉我
这是好的。
在乡下，并没有整齐的墓园
这也是好的
想过很多年后
我也被埋在山里或山脚下
总之，挨着山就好了
到处都是蓬勃的草木
它们幽深的根部
总是提醒我
我有一个永久留在人间
四季开着不同野花的屋顶。

（原载《新诗选》2023年夏卷）

过雅拉雪山
康 伟

一瞬间，雅拉雪山就高过了
人间
一阵风，它就把空和欢喜
交给那个原本心事重重的人

他在观景台的人群中

拼命扑打着翅膀
那巨大的空和欢喜
将他浮到了天上

除了雅拉雪山
没有人看见他在笨拙地飞动
它让风吹得更快
以便他能在空和欢喜中飞得更久

（原载《贡嘎山》2023 年第 5 期）

深夜来客
蓝　蓝

零星的鞭炮停了。东方民俗
一地碎红，模仿火的热。
没有月亮，寒星在夜空交谈
他来了，影子和墙交谈，和慢慢推开的窗。

蹑手蹑脚。写诗也是这样——
屏住呼吸，倾听万物的悉索
在黑暗中寻找珍宝，藏得
最深的那一缕闪亮。

离我三米，他站住
我们彼此打量，看不清对方的面孔
像两只野兽在荒野相遇，看谁先打破
沉默。电话突然响起，来自远方的问候
似乎为了这时托起我的勇气

怎么说呢？深海在涌动
只有大船的舱底知道。而我从不害怕
面对和我一样的人。

一样的贫瘠，活着是为了找到
缺少的东西。他找到了，从沙发上的
外衣口袋里。而我找到了这首诗。
这么想来，我赢的稍稍多一点
从一种不常见的天平上，从那的
两种尊严之筐的分配里。
当他从墙头翻越到共和国的大街
我甚至小声说一句告别的叮嘱：

——祝你春节快乐，陌生人
愿你走上寂静的大街时
使你高兴的不是那叠薄薄的纸币
而是城市停下的涡轮机，是变暖的夜风
槐树，乡间土路的车辙
以及挂在瓦松上破晓时的星星。

（原载《草堂》2023年第12卷）

青　蛙

李　皓

我看到你青绿的脊背了
你想把稻秧的颜色
设置为自己的保护色
这个想法有着乡亲们一样的

率真和朴实

你的一双美丽的大眼睛
泄露了天机
小芳刚从田埂上匆匆走过
它一定与你对视过
她扭着头，不敢看我

我和小伙伴们都说自己是
无师自通地学会了蛙泳
我认为这是不道德的
因为每次远远地听到蛙鸣
我就知道，故乡近了

（原载《文学港》2023年第10期）

大米着孝衣
雷焕春

五月就要消尽，六月等在门外
十字路口告别的人群
挥袖拭泪波，各自搭上时间的列车
驶向茫茫远处
多数人默声擦肩而过，成为彼此的天涯
人世苍老，山河抱恙
洱海在摇晃，青海也在摇晃
水稻之父驾鹤西去
大米穿着孝衣
在傍晚的炊烟中哭成泪人

（原载《滇池》2023年第9期）

热 烈
李 瑾

今天晚上，端坐在全羊周围的人怀揣
微笑和温柔的刀斧。当然，草原依旧
茂盛，神依旧站在
我们看不见的地方
风吹动着遥远的经幡哗哗作响，我们
举杯，欢笑，地上铺满了日历和某种

被修剪过的光束。时间似乎并不存在
我们热烈地交谈，只有埋伏在地面的

影子作出了回应。哦，我真想说我们
有羊一样的桌椅和可放弃挣扎的迷途

（原载《诗刊》2023年第9期）

迷路的人
李 铣

一大早，餐盘端上食物，也送来一些问题
叫我后半生求解，陷入缺氧的迷津
物质文明咽下，精神指向未明
天空转运祖先的盖碗茶
几口就解渴，补充
流逝的青春

那些被封存的事物，仍在大雪之中
海拔降落，草木现身
羊群开始出动。公路上
挡住我的去路，让它先行
片刻的驻停，我看到一颗流星
直扑即将开屏的命运

问题一知半解，托盘者
偷笑，我也笑了——
完美主义历来多情
人生长出华发和眼泪……

(原载《星星·诗歌原创》2023年第6期)

李壮在 2015

李　壮

我住在 2015。我指的
不是年份。仅仅是房间号。
我确实在 2015 住过一年
就像我也在 2016 住过一年
但在这间编号 2015 的客房
我只住两晚。这同 2015 年一样
匆忙到让人记不住。无论如何
如同回忆某个重要时刻
说到 2015，我还是
下意识站直了身子
甚至往下抻了抻衣摆。
但我的面前没有听众

只有一条晋江
在沿着几百年前的
海上古丝路流淌。
此刻在2015，我不知道
隔壁2016里有些什么
这跟我在2015年时一样。
但如今我都知道了
走在酒店的楼道里我莫名
有些伤感但也多了些底气
看着那些熟悉的年份
我很想敲开某几扇门
对里面的人说：
"别得意，你很快就会厌倦"
"别难过，这一切都很值得"

（原载《钟山》2023年第5期）

小是逃逸的甜

刘阳鹤

不可言说，不是说
我们未曾小过，抑或小是
压缩的口述史：无字据，故记述
空有褶皱，而我剥不开
鲜橙的缺口，独在一旁提炼
内在的甜——

这无用的甜，从舌苔
逃逸的甜，或可虚构一场

蜜制的婚姻。一旦苦涩
在啤酒花中漾出你，那些过剩的
情嗜便凝结成核，此中却有
密意流出，裹向永恒……

（原载《草堂》2023年第1卷）

愿　望
罗　铖

我还想要一具身体
在他身上，安放荒诞
与轻率。没有影子
每个黑夜都在灰暗的激情
旋涡中释读众神的隐喻
写诗，并敛取人间虚荣的光芒
如这天空，在黑暗里提取
光明，亦如我，在孤独的欲望中
旁观眩晕的自我与清醒的星空
原来的我依然是西绪福斯
而这个身体就是那块翻滚的石头

（原载《扬子江诗刊》2023年第5期）

跳　羚
刘棉朵

一只跳羚在草原跳

朝着它喜欢的草叶

我走在路上
看到路边低垂的树梢
也喜欢紧跑几步，跳起来
去触碰触碰那些闪光的枝条

不是为了别的，只是
为了触碰一下那些高处的事物
其实我也不是为了触碰
而是喜欢借机跳起来离开地面的
那一刹那，感觉有了浮力

似乎我还可以飞起来
哪怕只是几秒钟
这让我感到很快乐

我想一只跳羚之所以喜欢跳跃
应该也和我一样
一辈子只能生活在地面上的动物
有时跳起来，触碰触碰那些高处的
需要仰望的事物
心里会有一个梦想和一树的果实

（原载《诗歌月刊》2023年第1期）

蟋蟀之歌
梁雪波

今夜月光明亮，城垣倾圮

我在露水中擦洗琴身
凉风动万里，箫音中
一支旷野之歌被高高举起

今夜月光盛大，飞鸟远逝
我要把花中的哀恸洗净
迟暮的美人啊
我将以死亡的加速度向你疾冲

在砾石与谷仓之间歌唱，今夜
月光森亮如斧，我要把
炉火拨燃，把黄金吞咽
在汹涌的断头台
我要将一生的酒，将满杯云烟
倾空——

今夜，石榴痛哭，山峦顿挫
一颗悔恨的心为你而歌
荒苔历历，今夜啊
还有孤灯一盏，热血半吨
在刹生刹灭中
还有皎洁的幽魂与九月对称

（原载《雨花》2023年第3期）

时　光
蓝　野

端午埋下的种子

中元节前后，就可以收获了
花生等着拔出来
冬瓜等着摘下来
玉米棒子可以煮了
绿豆红豆可以熬了……
只有土地不负人

老苹果树，挂着青苹果
这棵山桃树开花迟，桃子下树得晚几天
角落里的葡萄藤，被葡萄压弯了
青涩的柿子，挂满嫁接后蓬乱的树枝……
只有土地不负人

我骗自己明天开始
明天一定将欠下的一切
收拾，打理
——大地上绿草渐渐衰败
枯草开始蔓延着它们的苍黄色……
土地和季节
从不停下脚步

（原载《扬子江诗刊》2023年第4期）

地心一日，地上亿年
老　井

拿起乌黑的毛巾揩汗时
忽然在面前的煤壁上
发现一片羊齿草的痕迹

史前的森林，亘古的落叶
此刻，我发现面前坚硬的煤壁
在瞬间变得豆腐般柔软
忙停下综掘机，拿起钢钎小心翼翼地
将它完整无缺地剜下来
当钢钎在巷底上溅起尖利的声音时
这地心的一天就过去了

当这片炭化的落叶被我捧到地面
重见天日之时
这宇宙中的一亿年也就过去了

（原载《钟山》2023年第1期）

金　箔

雷平阳

嗨，别闹了，东山这么宁静
翠竹请你停止生长，夜修的法师请你屏住呼吸
不知名的夜鸟如禅机，时叫时隐
也请你静止。我要睡觉，什么也不想开悟
如弘忍那样，退回到世俗的金箔里

（原载《大家》2023年第1期）

张女士

李 琦

张女士平凡，不是名人，也没有什么
可以称为事迹或者成就的事情
多年以来，隶属芸芸众生
却坚持认为，自己与众不同

她又的确恩重如山
点点滴滴，她养育了我
她是我的母亲

一个典型的哈尔滨女性
讲究，爱美，有些小虚荣
八十多了，还喜欢时装
说留着以后
有场合的时候再穿

她愿意称自己为女士
一辈子注重体面
就是骗子打来电话
她也耐心地说，对不起
别再说了，我挂了

弥留之际，我握着她的手
感谢她的恩情，让她放心上路
她已经气息衰弱，依旧
吃力地、迟缓隆重地吐出
"谢谢，也谢谢你们"

要是不这么老多好

要是健康多好

要是没摔坏、能下楼走路多好

要是还能和从前一样，再能为你们

做点事情，多好

这是她晚年清醒时，经常说的话

不啊，妈妈

那一切都不重要，真的不重要

2019 年 9 月 28 日

要是从那一天以后

您还能活着，多好！

（原载《十月》2023 年第 5 期）

杀　青

李海洲

他孤悬在看日出的山顶

然后回头说：我想讲一个故事。

三米外，群演像安静的鸦队

聚集在波浪形起伏的风里

他缓伸双臂，向天空作最后的报备

他纵身，跳出苔藓密集的悬崖。

电影杀青，导演下落不明。

有人说：他的故事只讲给寡欢的流云。

（原载《山花》2023 年第 8 期）

昨晚的梦

李寂荡

我走向一棵树，树叶便落了
我走向一条河，河便干涸了
我走向一只火炉，火便熄灭了
我举起杯，杯子便空了
我仰头望月亮，月亮钻进了云层
我迎向风，风停止了
我伸开手臂拥抱你，你消失了
我走进黑暗，影子就不见了

（原载《作家》2023 年第 1 期）

美食家

李龙炳

你在一个古镇，读一本书，
书中标注了美食，也标注了蝴蝶的地盘。
我要穿过很多年，
去吃一种你没有吃过的东西。

一群外国人经过你身边，
我不懂外语，但我感觉外国人说的每一个词，
正是我想吃的东西。

一些有生命的东西，
小得可以和每一滴血押韵。

我吃的是我认为可爱的东西，
有时我也吃你的名字。

如果我能消化一个电视，
我就可以吃下一场战争。
"你又不是圣人，你可以吃天下乌鸦……"

古镇有一条护城河，
一座铁链桥，摇摇晃晃像一个醉汉
在和虚拟的亲人通电话，
我在默默消化桥上腐朽的木板。

（原载《四川文学》2023 年第 1 期）

隐　藏

李路平

我们习惯了隐藏内心的
疼痛，假装知晓世事如常
没有什么大惊小怪，大起
大落，只在独自一人时
会沉默，会用力捂紧伤口
仿佛悲伤不停地溢出
我们也习惯了对彼此说谎
用鲜花装点房间，用微笑
掩盖噩梦，用过错弥补过错
我们都知道除了爱，还应
有什么支撑余下的生活

（原载《北京文学》2023 年第 7 期）

青 春

李 南

那是个纯真年代
恋情从不轻易发生。
年轻人花里胡哨，缺乏审美
花格衬衣、喇叭裤扫荡着地面
希望一次邂逅
在图书馆、在夜校，而不是百货店。
他们吐出满嘴新词
饥渴——面对着海洋——更加饥渴。
读书、旅行、彻夜争辩
大师都住在光里，供人仰望。
小酒肆油腻的餐桌
一次带着面包和汽水的郊游。
当然我也是其中一份子
从学生、青工、小记者
不断变换身份
总认为自己此生能干翻命运。
那时我们没有见过大海
没有见过海边坚韧而沉默的礁石。
那时槐花满地，茉莉清香
多少朋友边走边散……
那是上世纪八十年代
我只能捡拾起一些残存碎片
青春已被挤压进命运岩层
多少年后，仍能看清几道纹理。

（原载《诗刊》2023 年第 11 期）

自 述

李少君

在古代，我应该是一只鹰
在河西走廊的上空逡巡

后来，坐化为麦积山上的一尊佛像
浓荫之下守护李杜诗意地和一方祖庭

当代，我幻变为一只海鸥
踩着绿波踏着碧浪，出没于海天一色

但我自由不羁的灵魂里
始终回荡着来自西域的野性风暴

（原载《文学天地》2023 年第 4 期）

奶奶的一生

李文武

奶奶的一生，育有六子
爷爷过早撒手人寰
老四中途夭折
剩下她和五个孩子
一起挣扎
她只是在挣扎
挣扎着把孩子们
拉扯大

不谈含辛茹苦，不谈食不果腹

她只是挣扎

最后躺在床上

挣扎着送走自己

就像送走苦难

她隐忍

她不说，你不懂

她说了，也没人听

（原载《草堂》2023年第11卷）

狐狸的围巾

李永才

这旷野的恍惚，这怀乡的狐狸

在弓箭与玫瑰之间

闲得如此孤单。日子起伏如陷阱

一只迷失的狐狸，有过惊恐

疏离与无家可归的凄凉

我愿得过且过。去追赶狐狸的尾巴

我要骑上一只赤狐

去穿越西部的山河，将背井离乡

行走成一段精神苦旅

人生复活有几回？要辨别狐狸的纯度

你得让玫瑰枯萎，让赤狐变彩狐

唯一的妖媚，如何精确地发现

仿佛可以这样区分：

对于风景的信号，感知比表达

更为简单。看不见蓝色与红色的人

似乎也无法说清，狐狸的尾巴
是怎样长成围巾的？

（原载《星星·诗歌原创》2023 年第 11 期）

容　器

李长瑜

有的人，几十岁皮囊已满，
装进去什么，就一定会
溢出什么。
有的人像是刚倒满的啤酒，
放一放，还有空间。
有人器量很大，
装几部剧应该没什么问题。
我是一个小容器，装过糖，也装过盐。
盖子不紧，至今半瓶子晃荡。
有些东西，装进去
需要持久地用力。取出来
并不容易。
小时候，我曾把小拇指
硬塞进一个喜爱的小瓶子，
可想而知，为了取出小指，
只能打碎瓶子。
或许正是因此，我至今容不下
某些小东西。

（原载《当代·诗歌》2023 年第 1 期）

从我们的钥匙中
李志勇

从我们的钥匙中，就能看到匕首的模样
石头被补充到很多地方，人也被补充到了原野
河边或是山上。从我们的钥匙中
可能还能再找一些，补充到大坝上面或是星空之中
从我们的钥匙中，就能嗅到某种气味
秋天可能到了，风里面有了种落叶腐烂的味道
铁匠铺中有人还在砸制着马蹄要用的铁掌
从我们的钥匙中，就能挑选到一些
表达悲伤，它们很难被交到别人的手里
它们像是种微缩的小号可以吹响，在黄昏中
闪着微微亮光。从我们的钥匙，就能看到我们
街面上混乱的样子，以及我们散步中平静的模样

(原载《诗潮》2023年第12期)

西江河与一只白鹭邂逅
梁　平

距离一米，它没有飞走的意思，
我蹲守原地，流水声穿过岸边的水草，
呼吸同频就是这个样子。
见过的白鹭多了，西江河那只，
和我的关系比血亲还近，昨夜梦里的它，
给我说龙泉山的泉，都江堰的水，
清凌凌的波光脉脉含情。

与水为邻，白鹭耀眼的白从水里来，
与它对视也是一种水疗，清清，净净，
眼里的阴翳和胸中的块垒，
不再残留。
西江河喂养的小镇有水的妩媚，
一只水鸟，一河水，一种小清新，而已。
龙王场的神龙首尾都藏了起来，
那只白鹭和我，谁也不想离去。

（原载《作家》2023年第11期）

惊　蛰

林　珊

在梦中，我看见祖母孤独的背影
我的哭泣，由此开始
满天星斗由此隐匿
一场大雨倾盆而至
在梦中，我看见祖母苍茫的白发
碑文浮现，梨园落英缤纷
我的祖母成为山坳深处的茅草
悬崖尽头的磐石，道路两旁的苇丛
我看见祖母在雨水中重获新生

（原载《创作》2023年第2期）

聋　子
刘　川

人间到底有
多少聋子
天上打雷
他们听不见

人间爆炸
他们
听不见

对面楼房轰然倒塌
他们听不见

只有当
他们自己手中小小的饭碗
掉在地上
啪的一声
摔碎了

他们才被震得
猛然跳起来

（原载《北京文学》2023年第1期）

岁暮抒怀或柚子树
刘洁岷

打开旧报纸的时候
上面登载着自己的遗像

有位大妈在大街上突然意识到
出门忘记了携带自己的美丽

一本书有与其厚度不相称的重量
书页咯吱吱如铁门一样开启

现实都是乌托邦小说改编的或是续篇
一棵柚子树已承载不了枝头的柚子

每一个站立的地方都是痛点，寂静
是一种深深打入内脏般的寂静

（原载诗集《慢鸟》，人民文学出版社 2023 年 10 月）

手推车
刘向东

小路因为太小，才可以
钻进燕山。手推车
也叫架子车、独轮车
以唯一的轱辘推动

手推车一律来自山外
看上去都是一个样子
轱辘有着不同的花纹

我从车辙推断车主
姥爷来了有分量
辙印因几块红薯而加深

二舅进山，常在正月
三舅出山，总是三更
丈八大柁斜着冲出山口

小车不倒只管推
车把式从不改变姿势
一个个把自己也推走了
因为没有刹车，再也不停

（原载《中国作家》2023年第1期）

回想，及其美好
柳　苏

一味去回想那些经历的往事
证明，我们确实老了

记忆成为一眼最细的筛子
哪怕一粒沙，一片碎叶，都不肯放过

一生有多长。晨光，流水，星辉，月色
皆有记载。假若选择了沉默，缄口

那些迷茫，忧伤，亢奋，欢乐
统统被带往黑夜，不见天日

万物恪守着自己的秩序
史书，家谱，口头流传，一概留给后人

哪怕在绿色深处，轻轻地响起
啄木鸟的笃笃声……

（原载《草原》2023 年第 3 期）

野鸽子，野鸽子

柳宗宣

野鸽的叫声中，重返倾听的地址
平原的树林边缘，或无名岔路口
看不见它，却能触抚隐藏的呼告
有时，它在体内某个部位叫唤

从城中公寓下楼，回应你的独语
遥远而明晰的音色；低音部分
接近平原地平线。哀伤的颤音
中年省城的低诉。众声喧哗中

它的声波低弱下去（被遮蔽）
三伏苦夏，从山林风云敞现
低调又执拗的咕噜——呜呜

如汉语低昂顿挫；复沓自语
书房里触抚，天赋的拟声纹里
运气颤动的语音，迷醉山野

（原载《草堂》2023 年第 6 卷）

梦想达成这一天
隆莺舞

草原上空无一人,有家医院
燎原的欲望
因为医生到来而沸腾。他独自坐在
医院门前,白大褂上印着父亲的头像
一个老中医,生下来是为了将
家族医术发扬光大。
但他死了

医院里空无一人,医生独自坐在
医院门口。
或许该等待一个病人
他满脑子想的是带她去荡
一个漂亮的、整个下午的秋千

（原载《诗收获》2023 年夏季卷）

在博孜墩草原听见马鸣
卢　山

有一次在博孜墩的草原上
我们在酒后排着队伍
晃晃悠悠地向远山进发
幽暗的山谷里,几颗星星
高挂在雪山之上
我们肆意喧哗,说着酒话
（其中包含真理和谎言）

扶着白杨树，穿过一条沟渠
有的人醉倒在格桑花地
有的人跌落在溪水里

忽然，远处传来马群的嘶鸣
一声接着一声，一浪高过一浪
像是被点燃的花朵的炸药
要合力将雪山推倒
我们先是惶恐，又兴奋地跺着脚
也跟着一起尖叫，长啸
整个草原顿时沸腾了
我们四处摸索，想找到这些骏马
却徒劳地陷落在黑暗里

它们来自草原腹地还是雪山深处
让我们感到困惑
这雄浑而悠长的鸣啸
将长久地隐藏于我们的胸腔
多年后，我们还会回忆起
那个博孜墩草原的夜晚
马群的长啸如一声声惊雷
响彻我们看不见的天地间

（原载《江南诗》2023年第2期）

每当看到群山起伏
路　也

每当看到群山起伏

在穷乡僻壤，我也会感到欣喜
水墨勾画的山影，有远近有浓淡

每当看到群山起伏
人世再纷扰，我也会变得镇静
一座座山头相连，不问荣辱

每当看到群山起伏
即使独自一人，也感到放心
大地衣襟被压住，众水被揽在怀中

每当看到群山起伏，我便无所畏惧
亿万个大气压的胆量从何而来
关飓风禁闭，拆迁乌云

每当看到群山起伏
就联想到巅顶之上照耀着的星辰
那伟大的匿名之城，不知何方

（原载《草堂》2023年第3卷）

偶　遇
伦　刚

没想到在牛场森林的溪流边迎面碰上獐子
我瞬时冻住了，在四目对视的古典仪式中
从未见过的语言迎着未被驯服的野性摇动
我的舌头在牢笼中被一束求婚的光捕获，战栗着销魂

獐子也没想到会碰上一个一声不响的人像殉道者
影子一样的人更可怕：那是一头危险的野兽——
出于本能，獐子刹那转身，跃入虚空
仿佛是对永恒的赞美

（原载诗集《木雅藏地》，四川文艺出版社 2023 年 11 月）

郊外夜晚
罗杞而

我在散步，散步是生命中的一部分
仰望夜空也是，把头低到尘埃里也是
卢梭也喜欢一个人散步
《一个孤独散步人的幻想》是他最后的声音

那只蝉正在旁边的树上叫
叫空了肚子就去河边喝水
它终将在叫声中悄然死去
仿佛它活着就是为了发声
就像冬眠是醒着的一部分
就像沉默是爆发的一部分

（原载《星星·诗歌原创》2023 年第 5 期）

逐渐变小的过程
罗霄山

当我开始注视你，我的父亲，

是在我经历过那些以自我为中心、
年少轻狂的岁月，不断接受
命运敲打之后——似乎一切为时未晚，
正好来得及注视你的衰老。你对一些
较为直白的关怀显露出明确的抵制，
故意轻描淡写描述高血压
带来的症状，对外露的感情嗤之以鼻。
你不愿意打扰我们，而我也得
遵从你无言的规则。所以我们的
交流仅限于你我之外的第三方，
仿佛那些不痛不痒的别人的事情
才值得谈论，而我们都要小心翼翼
维护一种感情的平衡。你从不过问
我的事情，你相信我能解决问题。
我却知道你总不放心，有时通过母亲
向我传递，一种模糊的观念——
其实是给予我恰到好处的友好的提醒。
每到周末回一次老家，都发现你
变得越来越小，有时我会忽略
你全白了的头发，只因它们白得太早。
你仍是那样，总要给我营造一种
一切都没问题的气氛，或者说
你一直在努力向我传达，你能照顾好
自己的错觉。你可能没有想到，
我对这一成不变行走的时间
怀着深深的敌意，我分明看见了
一个巨大的磨盘，一寸寸将你榨干。

（原载《十月》2023 年第 6 期）

晚 安

毛 子

夜里，穿过空荡荡的街口
看到马路一侧，一个环卫工
放下手中的扫帚，蹲在绿化隔离带旁
掏出自带的干粮和饮水
悄悄地进食。
我为冒失的经过，感到不安。
我放轻脚步，但还是把一种歉疚留在那里。
我想到活在世上的每一个人
都像他橘黄工装上，沾着的一小块儿灰
琐碎、微小，毫不起眼。

穿过几个路灯和他之间的黑暗
我离那个人越来越远。
我的身后，是这座城市、这个世界、这个夜晚
它们因为一个人，变得柔软。

已经是午夜，该是道晚安的时候
但我不需要这些。
因为那个蹲在绿化带的人，他慢慢吞咽的食物
他身上的那一小块儿灰，他身旁的扫帚
就是这个世界的晚安。

（原载《诗刊》2023年第21期）

骆驼刺开花
马　行

戈壁滩上，骆驼刺不喜扎堆
东一棵西一棵

骆驼刺也开花
星蓝色，还带着
淡淡香气

只是，花儿太小
一个人必须俯下身
仔细看
才看得到

今天我又来了
找了半天
却发现小花儿
可能太自卑，也可能是太寂寞了吧
大都忘了开

（原载《诗刊》2023年第9期）

献给女儿
蒙　晦

轻柔的睡眠，我触摸到
你脊背上起伏的呼吸：
你是一只刚出生的手风琴。

我以沉默聆听。

你的言语完全是梦话，建造着
一个与窗外永不对称的世界。

我集中全部的触觉于唇，
在你的脸颊上种植我的轮廓。
你是众神消逝之前
种在我面前的一棵树。

你是一只童年的手风琴，
你拉动，我就呼吸。

（原载《十月》2023年第3期）

黄河鲤鱼

孟醒石

青葱岁月，我寄居珠江流域
幻想着澜沧江一样汹涌的爱情
纵贯横断山脉，摧枯拉朽
跨越天堑鸿沟，蹚平东南亚热带丛林
流经万象，滋润万物
眼含青藏高原的热泪
进入永恒的太平洋
每一根毛细血管都牵动着未来和苍生

人到中年，不再幻想，也不再讴颂
更关心身边那些

懵懂地爱过之后，永世孤独的普通人
像一片干枯的落叶
在黄河波浪里飘荡，在泥沙中翻滚
游出鲤鱼的身影

（原载《长江文艺》2023年第8期）

刷墙记

麦　须

一面旧墙上，白色
正在侵吞先前的颜色，两个人
在对面刷墙，我在阳台坐着
几只鸽子飞过

两个人在刷一面黄色的墙
脚手架嘎吱作响，黄色还在
只不过被白色覆盖了。对面阳台上
一个人在发呆

一个黄白条纹的下午
三个人在刷一面墙
不，现在是四个
不，是第五个……

（原载《江南诗》2023年第1期）

肉身沉重

马　嘶

重新认识的元素，在身体里
用了半生而我一无所知

劳苦、饥饿、病痛的记忆
由它们罩住。肉身的奴役并未减少

永别的人还在梦里期待。我继续活着
却无法接替他们所遭受的折磨

你同我读出这些生僻的字时
我总会下意识地按住身体的某处器官

为此颤抖。不是有毒或放射性
而因那些缺乏营养的，基本元素

(原载《广西文学》2023年第2期)

成为彼此的光源

马文秀

在星宿海的星空下
不再寻找最亮的星
而在一群又一群的星星中寻找
原属于自身的粗犷与锋芒

静观星空，也是在静观自己
被隐藏起来的星星
或许也在等待寻找它的人
成为彼此的光源

（原载《诗刊》2023年第23期）

宽　恕
马泽平

我对着镜子里的那个中年男人说
我想去死，三十多岁了
还没有活成自己想要的样子

窗外总是乱糟糟的
我对着镜子里的那个人怯懦地说抱歉
都已经做了父亲
还是不能忽略掉纷繁的杂音

我多么渴望，这世界，只小如此刻的窗台
鸟鸣像雨水一样
一声声，缓慢地、沉郁地滴穿藏在两肋之间的巨石

（原载《草堂》2023年第9卷）

流水谣

马占祥

那流水松弛的皮肤，还能映照微弱的光芒。
那流水的人间藏着的石头，是我不能说出的坚硬。
那流水的法则是流淌的。
我在清晨见它于沙枣树之下呈现虚空。
过去和未来，我在黄昏见它身体博大，
能容下天空和山峦的象征：是的，
它在自己的城堡里波澜壮阔，积攒星辰的硬币。

（原载《人民文学》2023 年第 5 期）

一生，或瞬间

麦　豆

有一天，我
突然发现
红色的树在蜕皮
具体哪一天，我忘了

事实上，人不需要
完整的一生
有那么几个瞬间
就足够了

（原载《西部》2023 年第 1 期）

丝茅的事
牧 斯

就问，这蓬丝茅、那蓬丝茅长得这么好看，
它们之间的关系是什么？
像极了文中未捋直、没写好的句子。
但这么多没写好的句子？
这蓬丝茅紧傍荆棘，那蓬丝茅出自岫中乱石。
在十甘庵山上，无序又似略有规律。
我还没有理出它们的规律，
我的诗句没有找到语言。
不过，丝茅中能藏鸡
是事实，能藏穿山甲、藏鞋，是事实。
丝茅下的幽暗与无尽
是事实。与其他植物混生，在小灌木
没长大时占优势是事实——
丝茅茂密的时候，不是好事；
秋风一过，凄凉晚景，
经此一役，余生全都枯萎变黄。

（原载《特区文学》2023年第6期）

起风了
娜 夜

起风了　我爱你　芦苇
野茫茫的一片
顺着风

在这遥远的地方　不需要
思想
只需要芦苇
顺着风

野茫茫的一片
像我们的爱　没有内容

（原载《草堂》2023 年第 1 卷）

山中夜坐

那　勺

午夜波澜
冽风正在变成流星

钟鼓在幽静的酒樽走了很远
柴片削薄，炊暖炉激励它
燃烧整晚

平静的人避开了暮年
鲑鱼在洄游
灯光自带流水声

流觞深邃，藏有大江长河
不小的雪之前遗忘于自辨
现在盲目落下来

雪中站起身的是董大
坐着的，仿佛高适，仿佛姜夔

（原载《福建文学》2023 年第 7 期）

给志达的小诗
诺布朗杰

布满油渍的生活。我们置身其中
我确信：生活是大于诗的

我总说生活。总说柴米油盐的事
估计这些才是诗，该有的味道

我的诗，是从水深火热的生活中
一字一句，抠出来的

我熬夜写下的诗，没有太大用途
只为了洗净，生活的油渍

（原载《回族文学》2023年第1期）

爱情宇宙观
聂 郸

风中叶脉是祖露的节日
泥下根须才是深埋的想象力
爱植物是爱这些具体
爱一个人，得走到这人身后
从小翻越的山脊
捕捉那里的传说和季风
以及它所处的板块、温度带
倾慕的眼神甚至要适时离开

这人所在的星球
你要独自抵达陌生星系
那里没有具体
只有黑暗中悬空的姿态
孤立又共存的运转
带着这些记忆返回一个空座位
那人已经起身离开
成千上万的暗物质
会填满这空虚

（原载《草堂》2023年第11卷）

重　叠

潘洗尘

窗前花槽里的一组虎头兰
死了
我重新翻土
在里面栽上茄子

这一切不值一提——
而让我记录这一幕的
是我第一次看见
我和父亲重叠了

（原载《诗刊》2023年第19期）

喀什噶尔

秦 客

喀什噶尔巴扎上，有长安的消息
隐匿在铁匠铺，被火锤炼

穿过城门的人，自带迷药般的香
影子也亢奋，偶尔也会走神

凌晨，诗人在无人的街巷漫游
无精打采的夜风吹来，一阵失语

深夜，秋的气息如候鸟般在辽阔中飞行
老胡杨在沙土中重新抽枝，梦中发出声响

（原载《吐鲁番日报》2023 年 11 月 1 日）

使我苍老的并非时间

羌人六

阳历生日这一天，时间在忙碌中过去。
傍晚，独自回到租住的公寓房间
看了几集《红楼梦》，1987 年，
我出生那年拍的电视剧，如今才来得及看。
又漫不经心翻了几页托尔斯泰的《复活》，
几天前，我在旧书摊买下这部雄伟的长篇。
熄灯就寝，回忆白天编辑的三篇稿件，
依次是《寻人记》《雪落下的声音》

和《声声慢》。夜深人静，窗外，
春熙路不再喧闹，城里一切静悄悄。
想起可爱的儿子，想起贤惠的妻子，
想起这些年来读过的书、写下的文字，
想起一个人的过去、现在和未来——
我感到深深的满足，也意识到
使我苍老的并非时间，而是热爱的全部。

（原载《草堂》2023年第11卷）

每一天的生命都是动词
曲　近

没有足够的耐心
你就发现不了世间的神奇
所有的生命
都是动词
只是它们的动作
引而不发，深藏不露，缓慢得
引不起你的关注
但，一夜之间
它们高大了，健壮了
开花了，结果了，生儿育女了
把一个动词演绎得淋漓尽致
这些变化，只有深谙动植物习性的人
才会心中暗喜，且不露声色
陶醉于它们微妙变化的感触
耐心等待一个灵动鲜活的熟稔之季
生命的每时每刻

都在书写一个动词
活灵活现于，清晨的眼眸

（原载《草堂》2023年第9卷）

关于身体的想象
秦立彦

有时，我想象我的身体是一匹马，
而我是骑手。
我们日夜奔驰在路上。
在每一个驿站我喂它吃草，
对它说话，梳理它的鬃毛。
我们离不开彼此，
我们共同渴望着远方。

有时，我想象我的身体是无数忙碌的细胞，
有各自的生命，
组成村落，城市，大大小小的国。
它们把生命交托给我。
它们不知道灵魂，
只希望能一直忙碌，一直活着。

（原载诗集《山火》，长江文艺出版社2023年5月）

接　受

邱红根

我接受这银杏叶无尽的金黄
如此盛大的集合。因纯粹而孤单、
因深刻而合理

我接受每一片树叶的凋落
最后化作尘归于脚下的泥土
风中的辩白多么无力

秋风浩荡。我接受这忙乱却不慌张
万物自有它内心的轮回。我相信
每一种凋落俱有深意

我接受老境将至，就像眼前银杏
不因我的到来而悲喜

（原载《诗选刊》2023年第8期）

这一天她还在人间走着

荣　荣

这一天她还在人间走着。
还是人间的。还在一次次归来。
拉扦箱上挂两塑料袋鸡子与菜蔬，
穿过夜街嘈杂。
她是嘈杂的一分子。

这一天她仍在凡俗里，
几辆打转的汽车寻找着泊位，走过她。
霓虹灯乱转的理发小店，走过她。
满架琳琅的烧烤摊，走过她。
便利店叮咚一响，一个街坊男子
举盒烟出来，走过她。

那个瞧着手机跟唱的女子，
那个挂满盆景跨坐电瓶车上的兜售者，
差点撞上她，夜色遮掩了他们的脸容。
她盯着微信里一句亲密的话，
删还是不删？这来自遥远的硬汉柔肠，
也跌落于日常的琐碎和抒情。

这一天她还在人间走着。
还是人间的。还有些不舍。
路过小公园，冬天仍在深入，
银杏已脱完一头明黄，鸡爪槭的叶子
蜷一半洒一半，扮演又一场春红。
这一天所有昨日重回，似有新的抉择，
往左是时间恍惚，往右是自然萧瑟。

(原载《草堂》2023年第3卷)

与妻书

人 邻

妻的白发多了
想她少女未嫁时

如快鹿，如喜鹊，只是遗憾
"不能以我白头，换她青丝"

秋风劲，叶落归，才知往日怜惜浅了
才知"明月夜，短松冈"
两两相对时
才知人生一世，不过草木一秋

（原载《雨花》2023年第7期）

酒友呐

舟　舟

酒友呐，说出远山的金阁，
我就拿出陈年佳酿。

醉人伸出耳，对方说的
可能是雾中屋顶，它们像
漂浮不定的灰色岛屿。背景音
突然变得虚幻，仿佛酒花在
坛子里暗开。瘦长的声音
滤掉浑浊，充满清明的
欢悦；肥润的声音携带愁绪，
还在寻觅爱中深味。
那些喜滋滋的失败之声，
属于心力强大信念笃定的人。
三声杜鹃的博爱胜利之声，
这是人间最动听的言语。
听闻这些相互交织的声音，

还需去哪里寻找黄金的凭证？
人生得意须尽欢，酒友呐
请爽快利落地开启酒瓶。

（原载《江南诗》2023年第1期）

薄　霜
邵纯生

霜降，镰刀砍下高粱低垂的穗子
冷雨洗劫了玉米饱胀的腰包
外出游荡者黯然返回空寂的老屋
蜗居的人，起身去了乌有之乡……

霜太薄，还不足以遮掩大地的忧伤
阴冷，乌压压一片，饥困的麻雀
几张小嘴，像不可愈合的伤口
巢穴里灌满了北风

谁在暗示：利器自带伤人的寒光
我小心地躲开深秋的刀刃——
一缕残月从裂缝中漏下的苍茫

（原载《诗选刊》2023年第8期）

一　生
山　鸿

一只蜜蜂，倾其一生可以酿蜜五克
它一生的消耗
大约是两克蜜

一只蜜蜂，一生并不能留下
三克蜂蜜

在它还活着的时候
它酿的蜜，筑巢用掉一部分
蜂王和幼蜂吃掉一部分
盛夏的时候，往地上滴了一部分
取蜜人的刀又切断
和带走了一部分

它能留下什么？

一只和数不清的蜜蜂混杂在一起
的蜜蜂
多像我
和数不清的小人物
的命运混杂在一起

生是一个人
死是一缕风

（原载《星星·诗歌原创》2023 年第 5 期）

桂花辞

霜扣儿

秋天散成光,在你脸上
你的脸成为诗,在岁月的镜面上

凉而又凉的这九月
香而又香的这诸多花朵
要从哪里画起,才得到一抹先于酿造的酒意
在我中年的掌心上,迷离着过往

天空太高,马鞍山的街道太静
不肯停下长衫的微风,在你们与我之间
温存又执着地带动那些
似近还远的灵魂——世人还好吗
又一个春夏带走何人年华,语声熙熙攘攘
一句一滴秋雨,默然浸入花蕊
的是谁不再归来的知己

白色,金黄色,或者橘红色
稠密的暖意越绽放,我的心思就越薄
仿佛我一个人就装满了一城异乡
仿佛我的沉迷并不全部
由桂花引起

然而我如此深爱。在一棵最老的桂花树下
以佳人为载体,倾听你的花语
——"吸入你的气息"
我看到浮云缓慢,卷起山一重水一重的波纹

我听说,所有不肯落下的尘埃
都抱着一颗故人的心

(原载《石油文学》2023年第2期)

渴望母亲
苏笑嫣

"这串手链上的珠子
像是攥紧的小葡萄。"
你说这话时,我正把咖啡豆一粒粒
放进透明的玻璃罐子里。而你的声音
掠过矮缸水面上漂浮的白色睡莲
它们在午后的空气里,比鸟雀的羽毛
更加轻盈。这就是我们渴望的
这分钟,普通的阳光,简单的安宁
寂静在空气里层层叠加
直到你推开窗,一朵黄蝉花被撞落在地。

我想起你站在路边等待的样子
穿着白色连衣裙,歪梳着谷状辫
就在十几分钟前,那另一个你。
妈妈,时间有着缩减的弧线
它有时是空间,使我们时远时近。
是不是总是这样?我们在一起,却又在分离。
看光斑如何在海面上鱼饵般晃动
浪潮的咏叹调里,我凝视着你。
妈妈,这天空明净如碗盏令我担心——
但愿你体内不再有凝固的盐粒
更不要取出蓝色的泪滴。

(原载《草堂》2023年第4卷)

好了歌
孙晓杰

好了。就是一颗螺丝松了
也许它也想出来看看
外面究竟发生了什么
好了。他终于醒了。拒绝我们
把他葬进一篇哀伤的颂词
好了。我会离开这里
我不会为了记住
一句谎言而毁坏我的耳朵
好了。既然你是这里的一片雪
就不能说，与这里的任何雪崩无关
好了。水了解石头就像天空
了解星星：他的脸像狮子
手像狐狸，小腿像兔子
好了。我的骨头里没有屈从的泡沫
谁不说他所想谁就是一片废墟
好了。快走吧。如果树林里
挤满了人，你就无法找到
藏在露珠里的葡萄
好了。亲吻大地之后，我们也不能
坐遍世界上所有的椅子
好了。让雨在泥泞的荣誉里尖叫
　"最终他们是自私的。他们
比你更虚荣，因为他们永生。"
好了。睡眠的铁锚已沉入海底
我们经受的也许
是最后一阵热浪，除了

陨落的夕阳，我们没有晚上
好了。用手帕或纸巾接住泪水
以免它落在地上被尘土践踏

（原载《延河·诗歌专号》2023年第1期）

从长安到长沙
三色堇

从长安到长沙
这辆高铁要疾驶六个小时
而我的寂寥也在无形中加厚
我看到坐在对面的
年轻母亲，正在用花衬衫遮挡着
给婴儿喂奶
孩子的小手在空中满足地挥舞着
像新鲜的阳光映在车窗玻璃上

窗外的群山，河流，庄稼，簇拥的花草
多少有价值的事物呼啸而过
我注视着这些斑驳的细节
早已习惯了可能被掠走的一切
习惯了对万物侧目而视

这时我突然听到了时间的呼吸声
冷一道光唤醒，在一首绝句里溢出
命运带着我们各奔东西
六小时的旅途我无法将一首诗
与那位穿花衬衫的妈妈黏在一起

（原载《钟山》2023年第3期）

癸卯立夏日，寄马立

桑 眉

去年的春兰育在今年阳台
叶片秀颀，但花期犹疑
（特意起身查看陶盆：
有新出土的芽苞，是未来的花穗？
有无名杂草，生得恣肆……）
雀梅开得正盛
花头沉重的，萎于玻璃瓶边沿
（雀梅茎腔中空，长时间入水浸泡
加速它倒伏，像半生被风雨浇淋
被慢性病缠斗的年轻人困了乏了……）
4月29日黄昏，我和林寒、兴涛在丹凤县
请刻碑师刻了一块碑：
"诗人马立之墓"
立夏之后，某个吉日
马立（我们的兄弟）会立在"四姓沟"
马氏庄稼地尽头，在拱形石门下
每逢晴朗昼夜，日光或月光会把他的影子
投映到庄稼或草丛
荨麻开紫色花，芜荽开紫色花
（我曾想把紫鸢尾种他坟前）
盈盈的，寥寥落落的
小小的忧郁
像诗人新写的鲜切诗句

（原载《剑南文学》2023年第4期）

坏牙齿

桑 克

终于出现了一颗
坏牙齿就如同生活中
终于出现了一个怪物,
一个大猛兽或者一个小妖精。
它的容貌非常吓人,
所有器官不合比例,
垂着黏糊糊的半透明的
胶状液体。这让他
觉得恶心,但是舌头
却一遍一遍地吻它,
好像它的爱是藏也藏不住的。
更让他恶心的是,坏牙齿,
每天都在溃败,仿佛豆皮
掉了一个小小的茬儿,
又仿佛瓷器刮出了新划痕。
不如干脆废了它!
他有时真想狠下心来,
而隐藏在坏牙齿洞洞中的东西
又让他生出
怜悯的感情。仿佛它的舌头
搜寻着奸细,不再扮演一个
含情脉脉的小人。

(原载《草堂》2023年第7卷)

守 护
沙 马

我住在简陋的屋子里守护着我
简陋的灵魂,我在窗外
一小块废弃的土地上种植一些
蔬菜和瓜果,喂养我
简陋的躯体。这样的日子我不
认为是一件羞于开口的事
到了理性之年,我看到了一些
鸟儿和蜜蜂来到这儿
细小的现实也有了起色。
我想,卑微的快乐,不需要伟大

（原载《安徽文学》2023年第1期）

不仅是回忆
商 震

五十年前
看到辽河封冻
我会和小伙伴踩着冰面上的雪
跑到河对岸的芦苇荡里玩儿

现在芦苇荡没有了
变成了楼群
楼房里住着人

当年我们在芦苇荡里嬉闹
最坏的评判是
小男孩儿弄坏了一片芦苇
现在我要是走到对岸嬉闹
就是成人和成人之间的某种游戏

（原载《北方文学》2023 年第 5 期）

水仙花
尚仲敏

水仙花，我和你一样不耐寒
心一冷就死。渴望阳光
内心藏不住秘密
被所有的人一览无余

你美得如此短暂
美得让我措手不及

我凝视你时，就算你不说话
我也知道你的心思

我一个人说，你听着就是了

我喜欢你，却不能为你写诗
因为我所有的诗只献给一个人
一个风雨中站在大门口
等我回家的人

（原载《草堂》2023 年第 1 卷）

逆向，齐奥朗——赠高兴

沈 苇

逆向书写，反系统的断片化叙事
可称之为一场"生机论运动"
眼见整体不保，把文字弄成碎片
再插入格言、警句、叹词
却苦于无法实现全盘齑粉化
"上帝只待在自己家里，毁坏
人间花园，包括我的祖国罗马尼亚"
破碎的文字，应和着
"真正的生活不在于稳健
而在于破裂"
于是，书写、书写、书写……
从特兰西瓦尼亚到巴黎
几乎怀着一种复仇的渴望
于是，一本书就成了一个伤口
用痛感唤醒读者，改变他们的生存
他的书写一再克制着狂怒和激情
穿越迷雾重重的怀疑和虚无
用一根筋的颤栗，抵达书写的边界
然后纵身奋力一跃
投入蓝色的冥思与浪漫

注：引文出自埃米尔·齐奥朗《着魔的指南》，有所改动。

（原载《诗歌月刊》2023年第8期）

忆贡嘎雪山

师力斌

无论从哪个方向看
都高高在上
银光闪闪的尖顶
庄严于群山逶迤
它的旗下万物兴隆
古老的提示在高原上再度耸起
耀眼的阳光中不断飞升
你高它就更高
与昆仑诸峰遥相呼应
神秘超然于你
冷峻温暖于你
有一刹那灵魂出窍
是一架飞机在它的怀里起飞

（原载《贡嘎山》2023年第5期）

插　曲

石　莹

"去掉假设，还原真实试试？"你说
四月把爱情藏在紫槐树下
你还是找到了——

幼儿园更像一个虚像。孩子们的笑声
从夜晚的围墙释放出来

我们从旁边走过。春风向来狡猾
它绕开主题,并试图
从遗落的语言碎片里找到某种答案

"这是无意义的",你继续说
"你往诗句里
充填了太多柳絮和蛙鸣。
让长了触角的长风掩盖了听觉"。

"其实不重要,"我回答

"光阴想让你遇见什么,你就会遇见什么。"

(原载《诗歌月刊》2023 年第 10 期)

夜读老子
思不群

你是花朵中的花朵
味中之味,浸在浩荡川流里
你是寂静中的寂静,肉身中的肉身
睡着,又醒着
你是夜中夜,长庚星中的长庚星
鸟儿的翅膀触到高处,你就照耀
到那高处
你是空心的石头,落向实心的
手掌。未命名的嘴,从里向外呼吸
你是井中之水,被一只木桶提上来
提在手中的正是十六岁那年的同一只桶

我在月亮下洗着

那令月光在水中颤动的清澈之物

也让我发抖

你是芦苇上的风暴，开花的激情

在柔软的茎秆上，在弯曲的弧线上

倏忽间被一只手取回

而脚下仍是同一片水域。十六岁的清澈

所照耀的前世，所映现的未来

中间是更加稀薄的永恒

（原载《诗歌月刊》2023年第10期）

初春，焉支山
苏　黎

风掠过松树林

树梢轻盈地摇曳了起来

林子上空响起了铮铮的弦音

仿佛无数双纤纤玉手在抚琴

透过细密的松树针叶的缝隙

我看到了蔚蓝的天空

阳光被折射成彩色的光线

那肯定是风照着的曲谱

长风在天。大地上

满眼的鹅黄和嫩绿

在紫气氤氲的树林里

流溢着神秘的气息

东面是连绵的原始森林
西南脚下，刚刚长出的新绿
温柔地向祁连延伸
悄无声息地没入山岗

山那边是无边无际的青海草原
尽管看不见，但我能想象到
此时的针茅草，和着金色的阳光
正从谷口一泻而出，铺满大地

（原载《飞天》2023年第4期）

桂花的香味

沈浩波

趁假期赶回老家
看望卧床的伯母
坐在她的床沿
我努力想说一些
宽慰她的话
却不知从何说起
这时她对我说
"你去把门关了吧
桂花太香了"
我一愣，她又说
"我已经不能闻
桂花的香味了"
我关上门走进院子
看见满树小花

像金黄的籽粒
密密麻麻缀挂在
繁茂的枝叶里
这棵桂花树
很小就来到我家
伯母看着它长大
就像看着我长大
此前好多年
每到这个季节
我就想回老家
坐到桂花树下
闻它的香味
但总是不能成行
今年我忘了这茬
却偏偏赶上了花期
而伯母的肺癌
已经扩散到全身
桂花的香味太浓
会刺激她的呼吸道
引发胸口的疼痛

(原载《诗刊》2023年第21期)

下山的人

谈 骁

下山路上，风景变多了，
我爱观看，胜过歇息，
我爱山风吹过，背上已没有汗滴，

我爱心无所系,心灵的重量
就是身体的重量。
我爱像一只走兽而不是飞禽那样下山,
上山的痕迹,我已经擦掉了,
这是一座新山,至今无人攀登。

(原载《诗刊》2023年第1期)

沱江十七行诗
凸 凹

每个人的身体里都有两座山
一座叫家,一座叫国
每个人的身体里都有两条河
一条叫父亲,一条叫母亲

我的母亲河
有一匹马的长度,一颗星的宽度
沱江是她胳膊肘向内拐的名字
我的母亲生在那里
离开水边七十多年了
一出口,就是沱江的声音

听过太多的声音
最好听的,是母亲的声音
从未见过外爷、外婆
夜深人静,我在声音里看见了他们

他们,还有卵石和鱼

一声不吭，在声音里咚咚走动
河水分走两岸，向山上爬去

（原载《诗潮》2023年第4期）

海螺颂

汤养宗

这只海螺为那些经典的耳朵跃出海面
它的金嗓子，在市面上
没有价格来谈论它的声音，挑出螺肉的人
知道什么叫内心的柔肠百转

对于海之声，螺守身成
最后的螺唇，它发出的语气波纹声线起伏
握住螺身的人，也握住了
大海的乳名，这海水间裹着一层壳的处子

海潮在自己的咳嗽间经常会咳出
一粒喉结，我们握着一只海螺吹成号声
我们用大海真正的声带说话
螺号响起处，人类找到了世界发音的声母

（原载《雨花》2023年第5期）

勇 气
涂 拥

在早餐店刚坐下，对面一个小孩
突然朝我喊道："叔叔，叔叔……"
喊亮了春天的早晨
却让年过半百的我有些尴尬
抱着小孩的女人忙道
"我五十岁，他爸已经六十了"
这个年纪还敢生儿育女
并敢于暴露年龄
我除了惊讶便是佩服
而自己却不敢接受
热气腾腾的香味里
一个小孩天然的呼唤
又有点脸红，好在春天
玫瑰、杜鹃、蔷薇也在红
那一岁多的小孩
敢对这个亿万年的世界
大喊大叫，我要做到需倒退半个世纪

（原载《红豆》2023 年第 7 期）

矿工医院
谈雅丽

医院院长擅长硅肺病治疗——
"不能治愈，但可以把生命延长至少十年"

煤矿倒闭后，唯一没有消失就是矿工医院
每年有二百多个硅肺病人就诊治疗
咳嗽，呼吸困难，肺窒息
他们选择定点住院，苟延残喘

症状只能得到局部缓解
肺部毛细管被煤灰的纤尘堵塞
长期吸入二氧化硅粉尘的职业病
病理解剖看见整个肺部都成了黑色

不能逆转，无法治愈
漆黑的矿井再无可见
没有违背、对抗，只有小剂量的仓皇和无告
让他们在漆黑的肺里，立了一座纪念碑

（原载《诗潮》2023年第7期）

高处的河流

吴春山

群山把河流抬到高处
靠近天空及白云的地方
极目处，苍茫与生机
形成一种制度
千百年来，河流冲破束缚
冲破祖先用旧的
青铜、残檐、瓦罐。河流在高处
放弃对盐的幻想
放弃守常的舒缓、慎笃、妥协

山巅上，鹰抖落金黄

撒播在险峻之地

谷物朝着九月生长，草木

以草木的方式活着

被流水打磨过的石头

大多还在寻找失去的棱角

从石头里走出来的过客，石头

是其最后的思想。河流奔跑，像一种舞蹈

古老的原住民赤脚在河岸，将火把举过头顶

一条河可以接受了一个人的邀请

但不接受内心悲愤之人

有人在高处的河流拾到时间的骨头

也有人的记忆，被瘦下去的流水，削减了一寸

（原载《人民文学》2023年第5期）

光的赋予

温经天

你无法拒绝清晨五点的金光

当它穿透树冠间空白

投射在你笔直忧伤的树干

瞬间想起她同样忧伤的脊背

柔软，弯曲，光赋予某刻

绝对地照临：一份恩赐，一场临摹

关于梦呓的呈象。你无法解释

以更多话语、颜色或声响，转移

无形的注意力。顿悟并非生于一顿之间

渗透引发的解冻出自血脉
你开口说不出话，那些不可说的阴影
灌满光芒中的粉末，熏香了梦境

请务必打开毛孔，同时紧致你的欲念
一个成型的有机物即将现身
金光转移，密林欢笑
你起身饮水服药

（原载《浙江诗人》2023年第4期）

云朵，高槐与你
吴宛真

坐在树影里，看一只鸟飞去
又飞来。山色疏浅，任一朵朵云
经过，靠近，融化。
任那么多个遥远的你，具象成眼前的你
——只需要半糖
一路的
棉布，柳絮，槐花
更相约着白头。它们比时间更懂得爱，轻颤的心
比圆满更接近美
且将此刻豢养，如同捻住一滴露水——
世间的沉淀多么恬静
等待多么
恬静
我想起你。且将所有的表达种在云朵上
给它最甜最暖的村庄

（原载《四川文学》2023年第3期）

写信的人
吴乙一

如果此时谈论诗歌,黄昏的意义
会被重新发现。比如,山之远

远,只是落日的
小部分倒影

握在手中的茶水,复归平静
仿佛一封旧时代的来信

许多年后,写信人变得慈祥可亲
而你心中,还留着一个漫长的雨季

窗外,鸽群飞来,又飞走了
停在你笔端的那个词,微小,却灼人

(原载《作品》2023年第5期)

经　验
王　妃

天色未明。我躺在床上冥想——

窗外的玉兰花瓣在雨中凋落
蝌蚪游在变青蛙的池塘里

楼上的老太起床进入了厨房
上初中的孙女还在酣睡

我的酢浆草花瓣打着蕾丝卷边
今天是个好天，盛开应在八点以后

黄鹂啁啾，鸟语在枝条上弹动
万物婴儿一般醒来

万物用淳朴和天真的摇晃提醒我
世界又完成一次隐秘的改造

（原载《诗刊》2023年第18期）

土 豆

王单单

这卑贱之物，放弃了骨头
连肉身都是多余的
光溜溜一颗心脏
裸呈在世。给它一刀
劈成两爿，埋进泥土里
它仍然能抽芽，破土
在伤口中长出新的自己
仍然沉默着，来到你面前
走上祭台一般的餐桌
把你奉为神灵，供养着
在此之前，你藏起
刽子手的脸，对其施以极刑

切片，切条，拉丝
煮、蒸、焖、烧、烤、炸
甚至被活着剥皮，捏成泥，打成浆
而它一直顺从你，作为行刑者
你心安理得，细嚼慢咽着
无意间沉浸在，因杀戮
而带来的愉悦中。即便如此
这卑贱之物，仍然对活着
怀有莫大的热情，你看
墙角里那一堆，尚未被召唤
就已来不及，互相压迫着
将芽子，从身体里
挤出来了

（原载《滇池》2023年第5期）

季子，季子祠
王夫刚

清冷的仿古建筑因为无意出售门票
而更接近君子的生前守则
至德这种词，跟 GDP 无关

见微而知清浊，曾经三让王位
曾经挂剑徐墓——不欺天下的前提
在心许的法庭上不欺自己

孔子写下十个字，勒石怀念
石头已成证据；孔子需要

音乐老师，三人行算不算理由？

最好的人生是，寿如嘉木
死有庙祠，对滚滚长江视若不见
却与改造前的申浦两情相悦

崭新的古戏台：合影的背景
崭新而又空空荡荡的
古戏台：历史的无效注释消弭戏剧性

（原载《星星·诗歌原创》2023年第4期）

白　鲸
王桂林

起初我身上也有燃烧的蓝色
现在长大，在北冰洋里
像一块坚硬的浮冰

如果把我当作一个词
我会突然跃出意象的水面
而如果，把我作为一个意象
我又会迅速潜入词语的海底

时间是我的老师，它一如大海
有铁矿石的大陆架，虚妄的泡沫
永不结冰的冰穴里难以预测的激流

我最大的困境不来自北极熊和虎鲸
当我的皮肤因成长而变得粗糙
我会蜕皮，懂得用岩石
重新擦亮自己身体的珍珠白

每天，我都看到蓝色的冰山在远处闪耀
比红头发的须海豹还容易辨认
我渴望那蓝色，即使我也曾拥有

海水的蓝色辽阔而沉重
为抵抗这无边的寂静
我在冰冷的世界中不断发出声音

（原载《草堂》2023年第8卷）

陶 工

王可田

我就是那个陶工
坐在自家庭院，小小的作坊
兴味盎然地揉捏
一块块黄色肌肉
在手中渐渐成型

我是被造者，却充当
造物者的角色
四大元素在此聚合
窑神见证，器物的涅槃
就是我的涅槃

走出炉火通明的窑场
模具碎裂
盛装粮食、盐和水的器具
也盛装我
隐秘的羞耻和希冀

我就是那个陶工
专注于手中的活计，或游戏
黄色肌肉一块块耸起
塑造的同时
也被无休止地塑造着

（原载《山东文学》2023 年第 7 期）

黄河西岸的暮色

王 琪

需要黄河的流水日夜不息
需要雁阵徘徊之后，从此茫无涯际
需要黄昏之下
远山被夕照迟迟拖着，芦苇荡泛着深浓的绿意

需要云朵无比轻盈，河风清澈温润
需要听闻的乡音耳熟能详
需要空旷中
巨大的静寂不再潜藏
命运的倒影经风一吹，此起彼伏

那一天，在黄河西岸的黄昏下
我早已忘记悲从何来

只记得，我遇见过的事物
都有着恰逢其时的美

（原载《山西文学》2023年第5期）

不　朽
王　童

在北碚图书馆里，我看到一本书
它和历史文献天文地理
并行在知识的长廊中
书脊嵌印着他的选择，他的自述
在国际影城，《敦刻尔克》让我产生联想
宜昌大撤退，长江的激流
托载着临危不惧的船王
一个国家的漂泊奔向胜利的港湾
在兼善中学里，我见到一位数学老师
他在画着《三角》，他在讲解着《中等代数》
浸泡在北温泉中，我荡涤掉了陈年的烟尘
沿着北川铁路我来到天府矿区
燃煤让我热血沸腾
穿起三峡国布我在公园和操场上
见到一群奔向抗日战场的热血青年
我是那青年的后代
我肩负起了历史的使命
我永远铭记那青年中不朽的名字
——卢作孚

（原载《红豆》2023年第3期）

一首诗意味着什么

王学芯

当一首诗
与不屑一瞥的人相遇
那时　诗像在最后的空间

透视躯体
似乎人与人没有任何区别
只是少了一个特异胸腔
多了一处部位的凝块

两则注释　一道是凿出的光
一道是枯竭的光

如同畅饮天下而酩酊大醉
啃噬心窍而无暇旁顾

爱和苦厄划破双眼的寂静
显现出一副骨架的罅隙

当一首诗与陌生人相遇
诗走上一条小径
仿佛在说
你越走越远　会把自己丢了
而我还在

(原载《十月》2023年第6期)

寒风吹彻

王志国

癸卯年，癸丑月，壬午日
晴，大风不息……

这是父亲身在尘世停留的最后一天
寒风刺骨，吹彻萨萨孤的每一个角落
毫不避讳死别之哀

风吹挽联："田中遍布脚迹，身上汗湿衣襟"
风用吹拂复述一个老人辛劳的一生
风吹幡旗、长明灯、诵经人沧桑的面容
风吹度亡的桑烟、出殡的长龙
风吹灵前草棵一样起起伏伏的子孙
风吹着光阴里的一抔新土……

这一天，悲伤是一场四面漏风的团聚
雪花一样聚拢而来的亲人
白茫茫一大片
像是一场新雪掩埋旧梦
寒风吹彻的人间
生者眼含热泪，逝者随风飘散

（原载《作品》2023 年第 5 期）

窗　户

吴　沛

窗户紧闭。透过玻璃
我仍能感受到世界在发生变化。

万物凑在窗前，将悲欢压得很低
百花从不单独为谁吐蕊或凋零
雀鸟的叫声有时比针尖还细
仿佛可以轻易穿过人世的老茧
车流排放着尾气，像夜伸出舌头
江水也只是流着，并没因此而放缓速度
忽然，有云朵飘过来
很多很多云朵堆积在天空脸上。

隔着紧闭的窗户
或许可以在这个世界保持某种独立
但我回头看了看
发现自己仍被深深地裹挟于其中。

（原载《山花》2023 年第 10 期）

述　怀

吴少东

人进中年后胸间多了一片开阔地
也不是平荡如砥
视深壑如浅沟，视山峦如田塍

而已。山归山，水归水
万事万物都只是巴掌大的镜子
照己照人照万象，底色
都只映在心中

人世间的斑斓已不能让我轻举妄动
唉声、叹息、挥泪、扼腕，也只在
半亩的平静中困如弱水
田塍的绳索捆束着我的急脾气
每日将清晨折叠成炸药包
又将夜晚拆解，铺平，辗转反侧
在梦中像一个滚雷英雄
从山巅到山脚，又从山脚到山巅
从青葱，到黄粱

这十年我已声嘶力竭
从一个有力的自由泳者，成为
眼望天光，在黑水中的仰泳者
锯齿般的青山托浮着我
黄金般的阳光推移着我
我的开阔地上，水波不兴
目中无人

(原载《诗刊》2023年第21期)

诗 艺
熊 焱

此生大概没有机会把诗写在竹简上了

亦无机会在酒酣时挥毫，题诗于墙壁上了

我渴望的是，那种刀锋下入木三分的锐利
那种墨汁淋漓的豪气。如自在地活
如生命饱满地展开张力

半生将近呀，我只能愧疚于
在电脑空白的文档上抱紧一片白茫茫的寂静

（原载《四川文学》2023年第4期）

山鸟与鱼

希　贤

晚照向湖面铺陈
山鸟和鱼掠过
像鸽群起飞，或云雀蹿出草间
像以往任何一天

迟钝的根系依附裸露的秘石
从一名少女成为妇人
它须隐忍空气中全然晦暗的庄严
它须厘清多年来湖面下起起伏伏的俗与僧
它须噤声，跨过沉沦的一切

直至山鸟和鱼厌倦了白雪覆盖的峰峦
在明月升起之际折返宿命中的
应许之地

（原载《延河》2023年第10期）

凝视一条河流

徐琳婕

你无法理解，它以柔和的躯体
支撑起的一张脸是黝黑且板结的
在缓慢里，用沉默复制一整个河面的脸
每一张脸都近乎一种视死如归的决绝
这幽深的黑暗在它体内涌动又瞬间被抚平
使人置身于宁静中莫测的危险之境
凝视一条河流，并把它请进生命
需要在血液里堆积足够多的沙石和瓦砾
——倾倒，碾压，填补
直到互相抬高与融合。或静止或流淌的水域
在春风的拖拽下，微微眯起双眼
显出老人般的慈祥与平和之气。这种
大智慧的包容美学，是凝视所无法抵达的
而当所有的光在褶皱间铺开如箴言
你看清止语与无念构架起一座闪逝的桥梁
在有我与无我之间不停地来回穿梭

（原载《星星·诗歌原创》2023年第7期）

太 行

徐 源

有一年，我在华北平原
看见一人背着石头行走
他说：太行山太重啦

太阳喝着北风，向一只鸟体内滑落
他把太行山移到了东边

又有一年，我在黄土高原
看见一人在炉火旁，把太行山烧红
他说：以此铸剑
当他把太行山放进陶盆里
水愤怒得直冒白烟，发出一声尖叫

——有人
终究还是喊出了我心中的战栗

(原载《诗歌月刊》2023年第6期)

西安错位
薛颖珊

一群候车的大雁呈国字排开
我的停泊，是绘在蜻蜓翅肢上的几笔
西安的街。凤门城头落满经朝的白发
晒灼我旧爱般的胶景，——充满
沉默的温度，像体内大多数不经意痛过的
痕迹，永远丧失聚焦，定为广阔的润笔
当第一遍穿过西安的蛹时

我开始发热，司机挑起城市一环又一环
玥亮的茧，对我张开诗意
像错拥一把陌生的火，生命的分量
都在颤抖。他行到哪里，哪里的月光

都向我们倒下。
胜于旗帜鲜明的地标，我们落入西安
喘息的肺部，色温渐变
融入深深的夜色，我们同秋天一同老去
又随车流的渴，沸腾
他对我提及过程。
大雁塔的梦，晚于我们对它详尽的参考
便投入轮回，或许对应着你
和你紧闭的苦难
断断续续的破弦声，启迪玉盘
落地的时候，要比月光清脆

（原载《作品》2023年第2期）

午　夜
辛泊平

这些年，我已经改变了许多
不经意间，一些词语开始暗淡
偶尔谈论远方
却不再急着上路

从一朵桃花到一粒粮食
从辽阔的天空到一张回乡的车票
从纸上的献身到厨房的油烟
慢慢地，我领教了物质绝对的重量

你瞧，午夜准时降临
我必须同时适应两种时态

放弃申诉，借助一个熟悉的传说
与眼前幽暗的影子达成和解

（原载《延河》2023 年第 9 期）

夏　雨
西　渡

骤雨的马群呼吸明亮
从河上来到岸上
一匹跟着另一匹
回看，松林中湿漉漉的火焰。

（原载《广州文艺》2023 年第 2 期）

旷　野
晓　岸

我经常把自己置身于旷野，是想成为它的一部分。
是想，等风累了，
停在我的腮边，就像落日来到了悬崖。
这是伟大而荒谬的动机，必须要征得造物主的许可。
但是神常常缺席
把我扔在翻滚的人群，像扔掉他的一个面具。

（原载《延河》2023 年第 10 期）

随写十四行

许天伦

三十年后,我仍在寻找回去的路
回到我的出生地

那里有田野、粮食和亲人
那里的细雨还没有停止

在寂静的万物中
雨水,成为我认知之外的隐示

但显然,隐没于深空的闪电
并没有击中

我穿过风暴的肋骨
当一群麻雀,从远处丛林里猝然飞出

像是些被撕得粉碎的信纸
三十年了,在亲人们的眼里

我仍是那个热衷于星辰和羊群
却找不到回家路的孩子

(原载《钟山》2022年第3期)

鸟　鸣

杨　通

鸟鸣人间，但鸟并不属于人间
人间，不配鸟的歌唱
鸟鸣人间，但鸟并不与人间为伍
人间，不懂鸟鸣的清欢
鸟与人间，隔着一棵树的距离
鸟鸣在高处，虽高不过人间，但其境界，人间无法企及

（原载《四川文学》2023年第6期）

山中鸟

杨金中

这是山中鸟孵化的幼雏
灌木丛中的小窝里，还散落着几只
五彩斑斓的蛋壳
可忙于生计的山中鸟，一无所知的
山中鸟
此时，它落单的子女，正陷于顽童之手
多年后，我还记得它
盘桓在天上，久久不愿离去的身影
——哦，失魂落魄的山中鸟
泣血哀嚎的山中鸟
多么像一个寻仇无门的母亲
怒火中烧地

盘旋在每一个行色可疑的头顶
用小小的粪便，倾泻着对人间愤愤的不平

（原载《北京文学》2023年第11期）

惊喜的……
杨　然

惊喜的是花儿要开
但还未开的时候
我指的是春天

很怀念雨水挂在树枝
要滴，却还未滴的情景
我知道春天即将来临
喜悦不是已绿的柳芽
而是冻着打湿的那些躯体
她们，正在不可抗拒地醒来

好多年过去了
那些挂在光秃秃树枝上的雨水
一直珍藏在我的梦中
天寒地冻时刻最温暖的眼泪
永远也不会坠落

（原载《读者报》2023年4月13日）

苦味入心
叶燕兰

她在清晨的光中剥苦笋
早春的风，透着一股湿泥土好闻的轻腥味

这是在四月，光照着她，风吹着她
让她看起来仿佛还是那个坐在小木凳上
埋头剥苦笋子的女孩

她一边剥，一边向记忆处深嗅……这乡间野味
这土壤深处不曾止息的
"未经驯服的青莽之气"

曾经她多么渴望生活，苦后回甘
此刻想象一顿未来的晚餐就有多平静

（原载《江南诗》2023年第4期）

过筠州
杨　角

秋风疾。叶落如马蹄。
昨夜有人在梦中，又悄悄
骑行十里。

那年过筠州，如出祁山。
定水河在第一步

就老了。柿子落地，
黑桃和柑橘，一夜长出老年的斑点。

一路风尘，马蹄声脆。
秋风仍在吹。
只有夜晚看到了佝偻的力量，
一轮弦月，
挂在横山的驼背上。

（原载《三峡文学》2023 年第 5 期）

黑　鸟
姚　彬

羽毛是黑色的，我称呼它黑鸟没问题
它扑闪着翅膀，阳光像碎银
从身上落下来。
我祝它生活美好。

晚上我遇见过它吗？
月光像不像碎银呢？
它在丛林里，推动着黑。
我祝它光彩熠熠。

睡梦中我拥抱过它吗？
我滑翔在黑色的跑道上
似飞欲飞。
我祝它温柔善良。

（原载《安徽文学》2023 年第 7 期）

离　歌

羽微微

风一直吹
有七八颗星星
被吹得越来越近
它们在大地上没有影子
而我们的影子
被缓缓吹起
像是两片翻飞着远去的叶子
像是两个翻飞着远去的人
人浮于世
常湿衣襟
我深深地呼了一口气
湿了眼眶
此时此刻有何相赠
柳枝不常有啊
何况离别应与沉默更合衬

（原载《诗潮》2023 年第 1 期）

普普通通的梨子没有那么好看

严　彬

人依自己当下趣味在改造手边的一切，
一切都在人的改造中变得昂贵。
如果城里人想要吃一个普普通通的梨子，
他最好清早出门上一趟超市，

在那些高高堆积的水果摊前看看，
应季的水果商品中也许有一堆绿色的梨，
形状如鸡蛋，儿童拳头般大小，泛着青色。
你可以买几个回家尝尝，不太甜，稍有点涩，
水分比较充足，可也不算很多……
就是那样一堆普普通通的梨子，价格两块多，
形状和味道都是梨子最初的品质，
不多也不少，像个老实人，什么活儿都会，
手艺不算好，可工钱也普普通通，
也许刚够养活他自己，养家要很卖力。

（原载《青年文学》2023 年第 3 期）

访永和乾坤湾

杨碧薇

行至此处，黄河拐大弯
乾与坤，那遥望万年又暗相角逐的力
开始跳起
纯金华尔兹

翻过多少澎湃，跌来撞去，终于遇见你
虽这照面
短得只能装下一支舞曲
"请记住我"，埋首于他肩胛骨的水底涛声她听见他说
一路向东，去那包容一切又消解一切的浩瀚之地

"让我们重新开始"

（原载《草堂》2023 年第 8 卷）

一条狗

杨　键

早上去买菜，
见到一条狗，
在过马路，
进三步，退五步，
进五步，退十步。
马路上的车看不见它，
看见了也不管。
它很紧张，
终于没有过去，
撒丫子一溜烟跑了。
一直向东，向东，
看不见了，
唯独它的眼神留在我心，
那是七十年代老家那些穷亲戚的眼神。

（原载《草堂》2023年第2卷）

巡线记

姚　瑶

大雪封山，多档输电线路发生断线故障
我和工友踩在掩及膝盖的积雪之上
仿佛踩到了大地的心窝
绵实的"哧哧"声

山高处，上山的路已凝冻
我们手脚并用，学着狗爬的样子
小心翼翼，尽量保持平衡
继续往山上爬，我们找到了故障点
那一片刻的激动，所有的冷
于我们来说都不值一提

一转身，大面积的白填满了视野
在冰天雪地里，铁塔构件及输电线路
虚胖了一圈，负荷的重
让导线的孤垂更低，再低一点
就可以触及大地的冷

我不小心跌落野猪洞
虽有惊无险，却像陷入地心深处
雪覆盖在我身上，把我的虚空填满
我把积雪当成冬天的棉袄
瞬间的甜蜜涌上心头

有一种寒叫冷至骨髓。巡线路上
我们已忘记包裹周身的冷
从山脚到山顶，我们的心火一样热
仿佛可以融化天寒地冻

（原载《脊梁》2023年第4期）

我对祁连山并不见外
叶　舟

山中，藏着这个人世上所有的根苗：

铁，灯台，因缘，袈裟，蘑菇，豹子与佛法，
儒典，后人，以及一场泪水。

我来到的第一天，和最后一日，
其实什么也不曾看见。

我对此并不见外，因为佛龛空了，
往后的日子，挑水劈柴，才是一门殷勤的课业。

（原载《钟山》2023年第3期）

一小块人间
叶延滨

问一声人间何在
一张皱巴巴出生证
一张墨迹斑斑入学卡
还是随身伴行的身份证
"过期了，请到派出所换一张！"
难道我是从派出所来的
一小块人间，印三个字？

身外的人间是墙上地图
地图上没有我的坐标
身外的人间是桌上地球仪
相信上面站不稳自己
说一小块人间就在窗外？
飞机窗外是蓝天
汽车窗外有青山

就算你说过家就是一小块人间
窗外春来匆匆，秋去夭夭
那就闭眼静候——
等那片月光为你引路
心田真的是一小块人间
刚好留下你的身影

（原载《十月》2023年第6期）

星　星
伊　甸

你拼命地缩小又缩小
你寻找一切可能的机会，让我们看不见你
你总是在颤抖，颤抖，颤抖
仿佛做了多大的错事
战战兢兢地乞求着宽恕

你离我们如此遥远，是不想沾惹
人间的是是非非吗？
你如此平静，从来不辩驳
不倾诉，不呻吟，不叹息，不呼喊，不诅咒
不歌唱……

我们抬起头来才能看见你
在短促的一瞥中，我们对你有太多的误会
我们必须像凝视情人一样
久久地盯着你，你梦幻般的光芒
才能像闪电一样击中我们

（原载《上海诗人》2023年第5期）

池　塘

衣米一

曾经我在一个水库的库堤上
与一个年轻男孩谈恋爱
或许是在一个池塘边
夜晚是确定的
在水边也是确定的
当一个手电筒的光晃过来
就要照到我们身体
一个严厉的男声传过来
问"你们在干什么"时
男孩大声答"我们在恋爱"
接着是，一片寂静
接着，他触碰着我的胸
还不满十九岁
还不懂用"夜色中的月色"
来隐喻喜爱的神秘之物
也不敢占有，否则
生活将会把我们带向哪里

（原载《新诗选》2023年冬卷）

加油站

于　坚

摩托停下来
不速之客在高原上相遇
左边是唐古拉山　右边是加油站

一次谈了水　另一次谈到一位喇嘛
还有一次谈到羚羊"它们几个
就站在那儿"　指了指苍茫

（原载《草原》2023 年第 9 期）

礼　物
于贵锋

埋头读书，抬头看见的南山
当然是我的

夕光离开南山，那缓慢的翅膀
当然也是

就像此刻阳光出奇地明亮
这窗口，那楼顶，飞过的一只鸽子
也是

经历黑夜后还拥有它们
这是时间多好的礼物呀

（原载《星星·诗歌原创》2023 年第 3 期）

各具其美
余　怒

在另一个城市的清晨醒来，感到身在

一个平面里。仿佛出自儿童画手法的绘画。
它喜欢使用的纯色和平涂。无法分辨：
远景和近景，人声和鸟鸣。九点钟，
在睡了回笼觉之后，周围才有了立体感。
窗外，一只燕子飞过去了，又一只燕子
飞过去了，我在恢复视力。我在恢复一切关于
生命的常识。在这方面，我的诗是没有帮助的。
一个教孩子作文的女人告诉我们，
孩子文章的天真更有益。关于我们如何
活着的知识，去野外，孩子们会指给我们看。
草茎上的小虫子，草尖上的小花朵和
穗状小草籽，那些我们认为
无名的、平凡的，各在其位，各具其美。
走下街边酒店的台阶，我突然感到
世界换了一个，不是刚才的那一个了。
像一个编剧把自己放进故事里，改了情节。
我的心对时间敏感，对时钟的嘀嗒声不敏感；
对寂静敏感，对构成寂静的具体事物
不敏感（如此分裂和如此自虐）。
雨后清晨，周围的事物摆脱了名称，
变得直观。树木、房子、马路上
的行人，我之外的客体从未这么清晰过。

（原载《草堂》2023年第11卷）

孤鸣颂
余笑忠

十月的一个清晨，在故乡

被一阵鸟鸣声吸引
一会儿像雏鸟乞食，一会儿
像恫吓、呵斥，一会儿又像
一问一答……听得出
那是同一只鸟儿
善变的假声，由于无法意会
而像神秘的预言，让我更加怀疑
自己的愚钝

从纪录片里听到过，一头美洲母狮
为寻找走失的幼崽而呼唤
发出的声音，竟然像一只
哀告的小鸟
而当它与一头雄狮舍命搏斗
一声声嘶吼
才显现出猛兽的身形
嘴角的血迹，更像是
平添了拼死一搏的决绝

远处，斑鸠依然像平和的开导者
在穿越田垄的电线上，眼前的这只鸣禽
仿佛走台般不时移步。那边厢
巧舌如簧的八哥默不作声
直到后来我才确认，那是一只伯劳
我们的文字中，少有的音译的鸟名
忘我的啼叫有如孤鸣

而我是无声无息的
感谢上帝，物种间有永恒的隔绝
我无须向鸟儿证明什么

只是有时，我必须自证
何以生而为人

（原载《草堂》2023年第1卷）

中天阁下

育　邦

从中天阁下来
春风夺取我们怀藏的刀子

逶迤折至龙泉寺
没看到一个僧人

一转头，发现身后
竟是一座空山

关于香樟，我们漠不关心
却惊异于那小于米粒的花朵

散落一地，任人践踏
清瘦纯洁，南方赋予它良知

流水，白噪音，沉默花冠
抚慰我们铁砧般的心灵

（原载《文学港》2023年第11期）

秘 事

扎西才让

大河流淌，其势浩浩。
在一幅油画前，我看到了传说中的黄河首曲。
而在现实中，在玛曲，我目力所及，只是黄河的一鳞半爪，
只是她的万分之一。

只有借助于高空、俯视，甚至想象，
我才能还原她的整体形象，才能将她看得更加真切。
是的，看到的，也许不是真相，
想到的，或许才是奇迹。

我在一次深夜回家的途中，
想起了刚刚经历的画展，
在钥匙插入锁孔后，突然就想通了一件
困扰了我十二年的隐秘往事。

（原载《星星·诗歌原创》2023年第7期）

时间记

臧海英

时间有它需要解决的部分。
那一年，来到德州
只是因为，这里没有我认识的人。

十年过去了

一些事已经放下
另一些则是无解的

比如写诗多年
我依旧不知道怎么写
说母语几十年
依旧结结巴巴
我依旧无知，怯懦，局限
常常困惑于"我"是谁？

有一台时光机该多好啊
就可以从零开始
就返回婴儿期
回到那伟大的子宫……

（原载《雨花》2023 年第 9 期）

如 旧

张伟锋

我始终保持热切，像一团火，燃烧不停
我始终踽踽独行，像个异人，非我本身
大海涤荡起波涛，我在里面遨游
和鱼群相遇，又与它们分开。像鱼
消逝在合适的几何空间。我依旧保持赤诚
并且永不更改

（原载《都市时报》2023 年 11 月 24 日）

白菜简史

紫藤晴儿

捆绑的叶子始终密不透风
历史的微尘也无法抵达于它
只有白色的象征可以宛如它的告白
月光的白笼罩于它的内外
太阳的神色落在它的外沿
棉花盛开的苍茫可以围绕在它的寂静间
推断为冬天的到来
方可之中我们也要交出一片炽热抱着它迎向
冬天的风口
它的生长完结着一次伟大
如何去细数那怅然于秋天的细微之光
缓慢之中的又像一个瞬息
它们膨大的时间又等待我们去重新啃噬
用一颗洁白之心
豁然于它们的光
我们有了更多的光
时间之中不会有徒劳的爱
你从一粒种子开始祈祷着所有的洁白身世
是它们,也是一片世间的安然

(原载《安徽文学》2023年第7期)

等一只猫言语

邹胜念

藏在麦田里仰望天空的
不是什么会作画的才子
是一只不会言语的猫
我抱它回家
蘸取井水擦拭它双眼
它将我的胸脯当成山脉，在上面跳跃
后来，它爬上屋顶
继续仰望天空，像一位痴子
为了追随
——那些闪烁其词的黑影
它踩遍了村庄的屋顶
面对它
造物主赐我的言语，也无能为力
我挥舞手臂，露出自己喘息的心脏
唤它回。可它再也不回
在深夜，瓦片发出异响时
一个女人，在等一只猫与她言语

（原载《诗刊》2023年第21期）

从野地这头

宗小白

有一回，我们又来到野地
在一株乌桕树下，我们发现纷飞的

落叶就是这个世界许多
解释不清的缘由

我们的片刻伫立，就是一种
没有对错的定论

我们的鞋底，踩在松脆的树枝
或蒿草上，都在试图打破这个定论

使之不至于太过沉默
而被鸟雀误认为是浆果

大个儿、乌黑的浆果
无论我们摘下哪一颗，都是甜中带涩

无论我们怎么随手丢弃
它们都不管不顾

从野地这头，疯长到野地那头

（原载《诗刊》2023年第4期）

邻 人
周 簌

此刻秋色那么好，曲水流觞那么好
树木枯黄，着了时间的信念之袍
门前的柿子熟了，但不采摘
任其在枝头枯落，鸟鸣是饥饿的

而豢养的孤独，像藤蔓一样生长

如果此生，还有一个愿望以求达成
我想做你的邻居，让一个日子瓣成两个
庄重，寂静汹涌，从指缝缓慢流过
你的眼神里，有一潭幽静的湖水
深深的倦怠，洇出来

我们已厌倦了世故人情
只剩下薄凉却彼此依赖的生命
哪怕全世界的人不爱我，除了你
哪怕众人皆与我为敌，除了你

（原载《长江文艺》2023年第4期）

如　何

张定浩

如何可以在，无人走过的深雪之上
轻快奔跑，如你一般，被来自天空的
洁白晶体托住，轻盈得无须翅膀的帮助。
如何可以不
通过写诗就摆脱那些重负，
如你一般，
回头看着泥足深陷的我大笑，
并一再怂恿我，努力向上跃起。
我因此一层层地坠入
你所不知道的，被掩盖的冬天。
在雪中漂浮的异乡的枫树和杉树

裹住我,将我指认成它们中的一员。
我伸手把你举起来,像树枝举起鸟儿。

(原载诗集《山中》,上海文艺出版社 2023 年 6 月)

谢　绝
张二棍

那些名贵之物,与我保持着距离
甚至与我,永远隔着一道警戒线
一层玻璃,一个礼貌的手势
那些名贵之物,谢绝了拍照与合影
甚至参观。历经无数次的
谢绝过后,我再也无心攀附
和艳羡那些辉煌的成就,精美的手艺
我终于退守一隅
与一个个凡俗之物、粪土之辈
灰头土脸的,厮混在一起
我终于活出了自知之明
在越来越平庸的日子里
供养出,一道道无法谢绝的皱纹

(原载《草堂》2023 年第 8 卷)

跌跤志——给父亲
张红兵

他坚持不拄棍子,还要走捷径

跌跤当然不是走捷径的必然结果
只是他老了，脚底没根了
只是他的老当益壮之心还停留在过去
只是在他看来那条走惯了的路
为何突然变得坎坷起来
这世上能走的路就不叫捷径
这世上只存在能不能走捷径的人
他当然也不会有这样的纠结
他更不会作过程比结果重要的哲学思辨
也不是数学里的 A 地到 B 地的路程问题
在他的大脑的地图上
从自家的院子到自家的那棵柿子树
有两条路可以走
一条是可以走小推车走拖拉机的大路
一条是只可走人的小路
他只是觉得一个空手而归的人
走大路有些浪费，有些冤枉

（原载《诗歌月刊》2023 年第 4 期）

自画像
张新泉

已是资深老年
却迟迟未能痴呆
看乌鸦，照样黑
观侏儒，依旧矮
大夫说，脑正萎缩中
比核桃大，比草莓帅

如果缩得快些
有指望傻里巴叽
每天到股市去
念自己的两句诗：
桃花才骨朵
人心已乱开……
造物说，这号人只要呆了
就注定痴性不改
造物还说
能这样，就算乖

（原载《草堂》2023年第10卷）

三月的最后一个下午
张执浩

三月的最后一个下午
我洗好了四月要穿的衣服
泡一杯利川红，挨窗坐下
窗外在发芽，或开花
我已经准备好了
周身再无挂碍之物
一切都是诗，任何悲喜
都可以轻松找到我

（原载《浙江诗人》2023年第1期）

玉 兰

赵晓梦

季节有时也会迷路。没有风
萨克斯吹不出柳树的新媒体
围墙和帽子压低了城市天际线
屋檐下的春天就靠你了
哪怕笑声浸透着棱角,草丛
延伸至远方,透明的身体也要
一头跑进公园里

城市能经受住花开后的茫然
眼泪就敢于同你碰面
这世界的厚度最怕水滴石穿
只要不剥离与泥土的联系
你就能守住内心的底线
越是在高处,生命的余地越大
夜晚从不在乎路越走人越少

我们都在同一种光里见面
剩下的灰烬把火从水中分离
最终把树木和鸟鸣锁进桥洞
只留风的影子在你手上滚动
翻新天空中不灭的星辰
还有大地占有的水坑
缓冲地带,交给雨点去题字

(原载《诗歌月刊》2023年第7期)

老 屋

郑 伟

秋千的绳子换新了，小姑娘坐在上面
像钟摆一样摇着

如果时针也只这样左右摆动
光阴会不会折返

她年轻的母亲在厨房里剁肉
菜刀起落，以小于梦里跌落的幅度

她们应该没注意到我
一个心虚的外地人

午餐后再次回来
发现木门紧锁，秋千静止，四野阒寂

——这是四十年前离开时
老屋留在我身后的样子

此刻，是什么与我心有灵犀
让我看见了不见之物

（原载《诗潮》2023 年第 8 期）

抹香鲸即将成为骨架

钟　硕

它搁浅在海岸
尾部被渔网缠住并受伤
许多路人跑来围观
面对它长达18米的伟岸
一位救援人员扬了下手臂
迎着海风大声说从抹香鲸口中
掏出很多垃圾
塑料袋、快餐盒和啤酒瓶……
忽然抹香鲸的身体动了一下
直接就在电视新闻中
从鼻孔涌出一些鲜血
某专家在画外音中认为
它基本上无法挽救
只能让其自然死亡
随后将对它进行一番研究并制成标本
正啃着外卖送来的肯德基
我赶紧耷下眼帘
躲开了这个埋伏在我中年生活里的不速之客

（原载《诗歌月刊》2023年第3期）

倾斜的雨

庄　凌

这个五月总是下雨

并不急躁的雨
偶尔有几颗落在身上
能感知到它同样平和的体温
有时只是下一阵
有时又下得很静

我摇上车窗
才发现雨是倾斜的
它朝我侧了侧身子
轻轻拍了几下窗
就是这微小轻柔的举动
往往最有致命的吸引力

一路上我一直望向窗外
雨也一路跟随
没有谁比雨更懂我的沉默
我们隔着这扇玻璃
像在两个时空
爱恋了许久

(原载《诗歌月刊》2023年第10期)

念念故乡
卓 兮

不是最初的
也没有最后

为一座山、一条河忘记赶路

山水是一程流动的故乡

途中逢着爱人，停一停
我们创造（或虚构）一个故乡

我们背着故乡的影子老去
故乡背着我们的影子老去

最开始，我们坐在哪里
哪里就生出一个故乡

到后来，我们葬在哪里
哪里就消亡一个故乡

（原载《贡嘎山》2023 年第 6 期）

街　景

子非花

你把手举起，仿佛攥着一个意义
手松开，一个不确定的答案飘落下来
问题像是蚂蚁，在很多空隙钻来钻去
我保持着一轮缄默

事件闪动忽明忽暗的眼睛
一个卖红薯的老人牵着一个往日
一个少女迎面走来，人群升起奇异的背景
一朵花开在幕布中央

（原载《诗刊》2023 年第 16 期）